EL MUNDO DE ZAPHIRAH

III

Alba Letycia

EL MUNDO DE ZAPHIRAH

III

ZAPHIRAH EN MOSAMINDRIA

Nombre del libro: El Mundo de Zaphirah III. Zaphirah en Mosamindria
Autor: Alba Letycia
Diseño de portada: Ricardo Pérez/Comunicación Global Design
Edición: Georgina Vega, Issa Alvarado, Diana A. Pérez/Comunicación Global Design
Coedición gráfica: Aziyadé Uriarte/Comunicación Global Design
Ilustraciones: Dibujo de Gilberto Bernal, color de Daniel Cruz

Reg.: En trámite
ISBN: 979-8-9876763-2-5

www.comunicaciongd.com

LIBRO TRES

Este libro está dedicado a todas esas niñas y niños que nunca dejan de imaginar y soñar. Lucha siempre por tu voz interior, la pasión y el amor, por todo lo que te hace feliz.

Muchas gracias por tener ese espíritu literario. El poder de la lectura es inimaginable.

Alba Letycia

AGRADECIMIENTOS

Gracias a...

A Dios, por estar siempre conmigo, por todo lo que me ha dado, principalmente esta fe que tengo desde que era una niña. Quiero agradecer a tantas personas que no terminaría. Quiero agradecer y dedicar este libro a dos personas que han sido una gran bendición en mi vida, todos los días son ese motor que me impulsa y su sonrisa me alumbra cada instante. Ellos son mis dos hijos. Hoy mi niño mayor tiene once años y mi niña, ocho años. Los amo con toda mi alma. Gracias a Julio, mi esposo, por todo su apoyo y guía. Te amo. Gracias, amor.

A mi familia, mi bisabuela Lala, mi abuela Cele q.e.p.d. por el legado maravilloso que dejaron en mi alma, a mi mamá hermosa, que es toda fortaleza, a mi padre, por sus enseñanzas, a mis hermanas por ser siempre absolutas y leales. A mis tías maternas, por ser incondicionales; siempre apoyándome en todo. A mis tías y tíos, primas y primos, sobrinas y sobrinos; amigas y amigos. En especial, gracias a todas mis amigas incondicionales que siempre han estado ahí conmigo, y a esa tribu maravillosa que ha sido una gran bendición en mi vida; gracias MEYCE (Mujeres Emprendedoras y con Espíritu) y gracias a todas las lectoras y lectores que siguen de cerca mis redes sociales, sus mensajes me inspiran y motivan a seguir con lo que amo hacer: escribir. Muchas gracias a todas esas personas que se cruzaron en mi camino de vida dándome consejo, lecciones, aprendizajes, motivándome a encontrar la mejor versión de mí misma. Gracias a todas esas personas que sigo encontrando, todas esas personas que están aportando para

el crecimiento de mi carrera como escritora, como ser humano. Las estimo, valoro y me siento muy agradecida.

No puede faltar mi editorial, muchas gracias a mis editores, ilustradores y todo el equipo de Comunicación Global Design. Estoy muy contenta con esta segunda y nueva edición. Gracias a mis mentoras y mentores, siempre apoyándome en varias formas para lograr cumplir cada reto, proyecto y sueño. ¡Todo es posible y tú tienes la clave en tu alma!

Alba Letycia

EL MUNDO DE ZAPHIRAH

Querida lectora o lector, soy Alba Letycia, la autora de los libros de *El Mundo de Zaphirah*, y este es el tercero. Me siento muy bendecida por lograr publicarlos y dar a conocer esta historia mágica llena de fantasía y criaturas inimaginables con temas de superación, amor, ideales propios, valores, afrontar miedos, amarte tal como eres, amar nuestras raíces y alimentar el alma por medio de un mundo mágico donde la naturaleza brilla y resplandece todo el tiempo. Este mundo será contado en seis libros. Zayeminc Baudé es la narradora de toda la historia, Zayeminc es un personaje que inventé porque en el sexto libro se descubrirá la importancia de su rol en la historia. Zayeminc tiene mucho de mi esencia, la parte de querer ser una escritora y esa forma de lograr conectar con el lector, ella irá narrándote esta historia mágica libro a libro desde su propia personalidad.

El Mundo de Zaphirah nació en un viaje de veinte horas que hice por auto en mayo del 2013. Ese día observé por varias horas los paisajes tan hermosos que nos brinda la naturaleza y, de pronto, llegó a mí una idea de una niña de diez años viviendo en la tierra, con origen en un mundo mágico llamado Lizandria, donde habitaban criaturas con grandes poderes mágicos, y así comenzó esta historia increíble llena de tantas enseñanzas, tanto para niños, adolescentes y adultos. Me han preguntado tantas cosas sobre *El Mundo de Zaphirah*, por eso dediqué está página, que estás leyendo en este preciso momento, para ti.

Sin saber todo lo que sucedería, seguí mi voz interior, el deseo de escribir este mundo mágico, todos esos personajes que tenía en mente. Plasmarlos en libretas. Quiero

platicarte que en el año 2013 solo quería aterrizar todas estas ideas, toda esa magia, ni siquiera pasaba por mi mente querer publicar, mis miedos eran más grandes y, en esa época, para mí era algo imposible de lograr. Al ir investigando sobre temas para inspirarme, el ir inventando personajes, imaginar un mundo con tantos lugares mágicos, algo en mí iba evolucionando, mi mente se iba transformando, estaba creciendo desde adentro hacia afuera, y así seguí durante tres años más, escribiendo sin parar. Me di cuenta de mi crecimiento como ser humano y de mi amor por la escritura. Recordé mi infancia, la imaginación, la inspiración me llevaron a mis recuerdos de niñez, y al final, este mundo terminó edificando mi mundo interior.

Todos podemos luchar por esos sueños perdidos del pasado, por más imposibles que estos sean; la clave está dentro de cada uno de nosotros. Nunca rendirnos y seguir adelante. Mi esencia se ve plasmada en tantos párrafos. Nací en Longview Texas U.S. pero por azares de la vida mi madre me llevó a México con tal solo cinco meses y mi niñez fue en este pueblito bello de México en el Estado de Hidaldo donde crecí junto a mis padres, mis hermanas y esta comunidad tan hogareña; actualmente vivo en Austin Texas y me siento orgullosamente mexicoamericana.

Querida lectora o lector, aún recuerdo a la niña Alba Letycia, que creció en un pueblito de México, ese lugar mágico que me inspiró para mi primer libro, la vida en ocasiones no era fácil, siempre luché por lo que quería y aún con mis miedos, mis virtudes, mis defectos, aprendí desde pequeña a valorar los momentos de felicidad y a vivir la vida al máximo, siempre agradeciendo y perseverando por lo que soñaba y recuerda siempre. Adonde sea que vayas, ve con un corazón agradecido.

Alba Letycia.

Sería un honor para mí, si te tomaras unos minutos y escribas tu crítica de este libro en Amazon.

@albaletyciaoficial

@elmundodezaphirah

@inspirateconalbaletycia

www.albaletycia.com

EL MUNDO DE ZAPHIRAH
Zaphirah en Mosamindria

einte años-lizandria después, Zaphirah ya tenía setenta años-lizandria, lo equivalente a catorce años-tierra. Ya no era aquella niña de diez años tímida, seria y sensible que un día fue. Ahora era una adolescente con un alma fuerte, valiente y se encontraba en la Colina Tarancaf de Ciudad Alemo. Ahí estaba ella, hincada al pie de la tumba de su madre, la princesa Amaranta de Ciudad Alemo. Zaphirah se encontraba bajo la sombra de un inmenso árbol, frondoso, enorme, verde y, a lo lejos, se lograba vislumbrar el lago Turipi, de un color azul claro, lleno de vida. Enfrente, se encontraba la montaña de Napilu, cerca del cementerio ancestral de Mocidú. Zaphirah tenía apenas dos meses-lizandria en Ciudad Alemo; había viajado por toda Lizandria durante tres años-tierra (lo equivalente a quince años-lizandria) junto a los Cuatro Elementos: Yuna, la bruja del elemento Tierra, Yala, la bruja del elemento Agua, Gasba, el mago del elemento Fuego, y Nie, el mago del elemento Aire. En ese momento, ella decidió abrir la caja de cristal que su madre, la princesa Amaranta, le había dado antes de morir. Zaphirah la tomó con sus dos manos y, al abrirla, salió un pequeño destello de luz. De pronto, empezó a ver las memorias de su madre. Vio a sus abuelos, más jóvenes, cargando a una pequeña bebé en el castillo del Rey Etos, junto a miles de Sehu, el rey Zamo de Ciudad Tizara y los Cuatro Elementos, así como una niña de cuatro años-tierra, en los jardines del castillo. Había memorias con Nela de cuando eran unas niñas; memorias con la forma tan estricta del rey Etos; memorias con la abuela Cetina; memorias con Caleg, el humano, en su adolescencia; memorias de cuando su padre la encerró en el castillo, en la época de la traición de Nela, la bruja oscura; memorias en la aldea de los Codikas; memorias del nacimiento de una bebé en medio de

un bosque; la pelea que tuvo con Nela, la bruja oscura; memorias de la princesa Amaranta, entre lágrimas, entregando una bebé a una humana ya de edad avanzada; memorias de cuando la princesa Amaranta despertó y vio a su lado a la pequeña Zaphirah; memorias de la princesa Amaranta, hablándole a Zaphirah sus últimas palabras antes de morir y, entonces, el rayo de luz regresó al amuleto. Al cerrarlo, Zaphirah se tiró sollozando ante la tumba de su madre, sin parar; extrañándola más que nunca. Ya habían pasado algunos años y la niña había aprendido muchas cosas, estaba casí por cumplir catorce años-tierra. Pero el dolor de haberla perdido aún seguía ahí, en algún hueco de su alma. Y, ante la tumba de su madre, dijo unas palabras:

—Madre, te prometo que lucharé por esos ideales para preservar el amor, la paz y la esperanza para Lizandria. Nunca dejaré de creer en mí ni dejaré de ser yo misma, honraré mis valores y seguiré mi intuición —exclamó Zaphirah con convicción, valentía, dolor y tristeza, sin dejar de tocar su amuleto, el cual brillaba con todo esplendor—. Y lo hago porque hoy también son mis ideales y me nacen del alma. ¡Lo prometo, madre, y nunca dejaré que el odio, el resentimiento y todas las emociones negativas envenenen mi alma! —agregó entre lágrimas.

Estaba ahí la adolescente, sola, en la punta de aquella colina y, al levantarse, alcanzó a ver el hermoso Lago Turipi y, de su bolsa, sacó una hoja que le había dado el sagrado Lettú. La vio pequeña en su mano, pero con un brillo inmenso. Alzó la mano y la hoja se levantó de su mano y, de pronto, ¡el árbol empezó a hacer pequeños movimientos! Se llenó de capullos rosas y la niña vio caer algunos pétalos en la tumba de su mamá.

Los Cuatro Elementos iban llegando a la colina Tarancaf, en silencio. Poco tiempo después, arribó Nubidi, la Gran

Águila Blanca. Zaphirah metió la mano en su morral, sacó muchas semillas y las aventó por toda la colina, alrededor de la tumba y, con la ayuda de los elementos, crecieron en ese momento muchos tulipanes blancos.

—Zaphirah, necesitas saber algo, hija —dijo Yuna, la bruja del elemento Tierra.

—Así es, después del viaje que hicimos por toda Lizandria, es tiempo —manifestó Yala, la bruja del elemento Agua.

—Lizandria ha existido por miles de años con todas las criaturas que ahora conoces, hija. Nosotros, los Cuatro Elementos, hemos contribuído para que la naturaleza viva y sea parte de las criaturas, así como las criaturas son parte de la naturaleza —explicó Yuna, la bruja del elemento Agua.

—¿Qué necesito saber, Yuna? —preguntó Zaphirah, intrigada.

—Sabemos y sentimos, en nuestras almas, que El Creador de los Cielos siempre estará con nosotros —anunció Yuna, la bruja del elemento Tierra—. He hablado con Yala, Gasba y Nie acerca de la imagen que tienes en la palma de tu mano izquierda, Zaphirah.

—¿Qué tiene que ver esto? Esto me pasó en la Tierra. Nona, la Expresiva, me dijo que yo no nací con ninguna marca en la mano — exclamó Zaphirah.

—Lo sé, hija. Aquella noche, cuando conociste a los Codikas, empezaste a llorar y te fuiste con ellos —anunció Yuna, la bruja del elemento Tierra.

—¿Qué te dijeron los Codikas, Yuna? —preguntó Zaphirah.

—Los Codikas hablaron conmigo; no sabíamos por qué tenías una marca que está en nuestro libro ancestral de Lizandria. No sabíamos por qué Nubidi respondió a tu llamado de ayuda cuando Gofú, el dragón verde, nos atacó por primera vez.

—¿Por qué dices eso, Yuna?

—Hasta el día en que murió tu madre, lo supe —agregó Yuna.

—¿De qué hablas, Yuna? —preguntó Zaphirah, muy interesada.

—El día que murió la princesa Amaranta alcancé a ver lo que hiciste con Nela, la bruja oscura —declaró Yuna, la bruja del elemento Tierra.

—¿A qué te refieres, Yuna? —interrogó Zaphirah.

—Estaba por entrar cuando vi que, de tu mano izquierda, exactamente donde tienes esa marca con figura de una brújula, ¡salió una luz blanca inmensa! Sacaste todo lo oscuro de Nela, le regresaste su alma y ella se pudo ir en paz —contestó Yuna.

—¿Qué tiene que ver eso, Yuna? —cuestionó Zaphirah, intrigada.

—¿No lo ves, Zaphirah? —preguntó Yala, la bruja del elemento Agua.

—No —respondió Zaphirah, bastante confundida.

—Esa marca aparece en mi libro. El libro más antiguo de Lizandria. Ese libro me lo dieron los Codikas, no hay ninguna copia en ningún lado —contestó Yuna, la bruja del elemento Tierra—, ni siquiera en Mosamindria, donde resguardan tanto conocimiento de nuestro mundo.

—Ahora, los Codikas y los elementos comprendemos cuál era la misión de tu madre, la princesa Amaranta —manifestó Yala, la bruja del elemento Agua—. Ni ella misma lo sabía.

—¡No entiendo nada! —exclamó Zaphirah, asustada.

—Hija, el Creador trabaja de bastantes formas. Él protege a todas las almas buenas y elige con perfección —declaró Gasba, el mago del elemento Fuego.

—¿A qué se refieren? —cuestionó Zaphirah con insistencia.

—La misión de Amaranta era la de protegerte del peligro y llevarte a la Tierra que, por alguna razón que aún no sabemos, también El Creador de los Cielos estuvo ahí, en la Tierra —dijo Nie, el mago del elemento Aire.

—Me siento confundida —anunció Zaphirah, entre tanta explicación de los elementos.

—No queríamos decirte nada, pero debes saber que ese poder que sale de tu mano, sale de tu alma —expresó Yuna, la bruja del elemento Tierra.

—Los Codikas y nosotros los elementos, hemos decidido que no hablaremos mucho de este tema, hija. Dejaremos que todo siga su curso normal y tú no digas nada sobre esa marca a nadie —expuso Yala, la bruja del elemento Agua.

—Estoy asustada, ¡ustedes me esconden algo y debo saberlo! —declaró Zaphirah.

—Hija, lo único que puedo decirte es que vivas tu vida con normalidad, sigue siendo tú, nunca olvides las palabras de tu madre, la princesa Amaranta, y solo el mañana, por sí solo, se revelará —dijo Yuna, la bruja del elemento Tierra.

—Pero hay algo que sí debes saber sobre tu madre, la princesa Amaranta, hija —dijo Gasba, el mago del elemento Fuego.

—Estoy lista y los escucho, he visto todas sus memorias; aún me duele su partida, pero estos años he madurado y soy más fuerte —expresó Zaphirah, de forma valiente.

—Cuando tu madre nació, hace poco más de ciento cincuenta años-lizandria, ella fue una Sehu muy especial. Los reyes de Ciudad Alemo le hicieron una gran fiesta y, después, la presentarían ante la Alianza APPA en Ciudad Tizara —anunció Yala, la bruja del elemento Agua.

—Aún lo recuerdo como si hubiera sido ayer, hija —manifestó Nie, el mago del elemento Aire.

—Dime más, Nie —dijo Zaphirah, la princesa de Ciudad Alemo.

—Estábamos en lo más alto de Ciudad Tizara, la princesa Amaranta apenas tenía veinte años-lizandria, lo que equivalente a cuatro años-tierra, y el rey Zamo nos mostraba con orgullo la arquitectura de la Ciudad, cómo hizo toda esa construcción sin dañar la naturaleza y de pronto... —Nie se quedó callado y pensativo.

—De pronto, ¿qué? —preguntó Zaphirah, con gran ansiedad.

—De pronto, la pequeña Amaranta empezó a lanzar rayos de luz; cuatro colores en específico: azul como el zafiro, verde como la esmeralda, rojo como el rubí y blanco como el diamante — contestó Nie, el mago del elemento Aire.

—Y ¿qué pasó? —preguntó Zaphirah, muy interesada.

—¡Sus padres, despavoridos, querían controlarla! No sabían qué estaba pasando, ningún Sehu había hecho eso anteriormente. Ninguno de ellos tenía esas habilidades, esos poderes —agregó Nie.

—¿Hubo heridos? —cuestionó Zaphirah, asustada.

—No, Zaphirah —contestó Yuna, la bruja del elemento Tierra—. Uno de los rayos cayó en el medio de la montaña y empezó a crecer un árbol, con un brillo intenso, que crecía y crecía — agregó Yuna, la bruja del elemento Tierra.

—Pero eso no fue todo —declaró Gasba, el mago del elemento Fuego—. La princesa Amaranta era demasiado sensible, extremadamente emocional; sus rayos, de pronto, nos atraparon, únicamente a nosotros, los Cuatro Elementos.

—¿Les hizo algo? —preguntó Zaphirah, sumamente atenta ante la historia de su madre.

—No —contestó Yuna, la bruja del elemento Tierra.

—Ella no nos hizo ningún daño. Fue como si la niña supiera lo que estaba haciendo, como si estuviera hipnotizada —agregó Gasba.

—¿Y qué más pasó? —cuestionó Zaphirah, con curiosidad.

—De repente, estábamos dentro de una bola de energía y cada uno de nosotros reflejó un rayo hacia el árbol y se formaron las cuatro piedras hermosas, incrustadas en el árbol en forma de círculo, al que hoy llamamos Portal Mágico y, al pie del árbol, había una gran piedra de colores en forma de huevo y la llamamos la piedra de Sarudien —mencionó Yuna, la bruja del elemento Tierra.

—¿Están hablando del Portal Mágico? —interrogó Zaphirah, con ansiedad.

—Sí —contestó Yuna, la bruja del elemento Tierra.

—¡Pero me dijeron que había sido construído por ustedes! — Zaphirah.

—Permite que te expliquemos, hija —contó Yala, la bruja del elemento Agua—. Nadie de los presentes en ese día sabía lo que estaba pasando, no sabíamos lo que el árbol era o por qué estaban esas piedras ahí y, mucho menos, que una niña de cuatro años-tierra sería capaz de hacer eso —mencionó Yuna, la bruja del elemento Tierra.

—Algo le pasó en ese momento a la niña, fue como si estuviera hipnotizada o bajo un hechizo —dijo Gasba, el mago del elemento Fuego.

—¿Por qué lo dices, Gasba? —preguntó Zaphirah, queriendo saber más sobre su madre.

—Cuando se hizo ese círculo con las piedras incrustadas al árbol, nosotros caímos al piso y la niña empezó a caminar hacia el árbol —contestó Yuna, la bruja del elemento Tierra.

—¿Y qué pasó? —cuestionó Zaphirah.

—La niña no escuchaba los gritos de sus padres y, frente al árbol, pronunció unas palabras: «PORMA DESA EMBA EMA», y, de pronto se abrió un portal; la niña entró y lo único que hice fue correr hacia ella, imaginando el peligro —expresó Yuna, la bruja del elemento Tierra—. Pero, de pronto, ¡estábamos en otro lugar! —agregó Yuna.

—¿Cómo fue posible eso? —preguntó Zaphirah.

—Fue cuando vi por primera vez a Edugel —expuso Yuna, la bruja del elemento Tierra.

—¿Fue cuando conociste a mi abuelita? —preguntó Zaphirah.

—Sí, Zaphirah —contestó Yuna, la bruja del elemento Tierra—. La princesa Amaranta se había caído y golpeado en la cabeza con una piedra redonda, pero esa señora la sostenía dulcemente entre sus brazos —agregó Yuna.

—Estoy muy confundida, Yuna —dijo Zaphirah—. ¿Qué más pasó?

—Le agradecí y le dije que vendría a buscarla. Regresamos por la entrada del Portal Mágico, que aún seguía abierto, a Ciudad Tizara; en ese lugar era de noche y en Lizandria de día —añadió Yuna.

—Los padres de Amaranta estaban muy asustados —dijo Yala, la bruja del elemento Agua.

—Me imagino —habló Zaphirah.

—Con el tiempo, la niña no se acordó de ese episodio y ellos no lo mencionaron tampoco, además de que nos pidieron no decirle nada durante varios años-lizandria. Los reyes de Ciudad Alemo nos contaron que ya no le volvió a pasar eso, jamás volvieron a salir rayos de sus manos y fue una Sehu normal que vivió tranquila, sin saber lo que había creado —agregó Yala.

—¡No puedo creer que mi madre haya sido la creadora del Portal Mágico! —exclamó Zaphirah, impresionada—. Siempre me dijeron que ustedes, los elementos, eran los creadores del Portal Mágico —agregó Zaphirah.

—Y así fue como la Alianza APPA lo acordó —dijo Gasba, el mago del elemento Fuego.

—¿Eso es todo? —preguntó Zaphirah.

—Años después, cuando ella tenía quince años-tierra, los padres de Amaranta le contaron todo sobre el Portal Mágico y su origen. Aún no traíamos a Caleg a Lizandria y decidimos que todo seguiría normal —manifestó Gasba, el mago del elemento Fuego.

—Y ella ¿cómo lo tomó? —preguntó Zaphirah.

—Amaranta lo tomó de una forma madura y respetó el acuerdo de no decir nada. El portal solo podría ser abierto por los elementos y la princesa Amaranta —anunció Gasba, el mago del elemento Fuego.

—Estoy impactada con todo esto —expresó Zaphirah.

—Te entiendo, hija. ¿Ahora comprendes que todo está relacionado? Todo está conectado —dijo Yuna, la bruja del elemento Tierra.

—Trato de entender, Yuna —declaró Zaphirah, la princesa de Ciudad Alemo.

—Poco tiempo después, regresé al Portal Mágico, repetí las palabras que pronunció la niña: «PORMA DESA EMBA EMA», y el portal, nuevamente, se abrió y visité a la criatura que ya conocía de ese lugar y descubrimos que era otro mundo, llamado Tierra —agregó Yuna.

—¿Fue la única vez que lo visitaste, Yuna? —preguntó Zaphirah

—No —contestó Yuna, la bruja del elemento Tierra—. La visité varias veces. Edugel era una humana con gran corazón y me habló sobre su mundo —sumó Yuna—. Fue así como, más adelante, decidimos traer un humano al mundo de Lizandria.

—¿Debo saber algo más? —cuestionó Zaphirah, asombrada.

—Sí —contestó Yuna, la bruja del elemento Tierra.

—¿Aún falta más? —preguntó Zaphirah.

—Sí —respondió Yuna, la bruja del elemento Tierra—. La princesa Amaranta había creado un Portal Mágico que nos transportaba al mundo donde creciste y que la piedra de Sarudien es de suma importancia, es una piedra delicada. Descubrimos que cualquier criatura que la tocara, a excepción de nosotros, los elementos, absorbía y obtenía poder; se conectaba a sus emociones —agregó Yuna.

—¿Mi madre, entonces, ya sabía lo que hizo? —preguntó Zaphirah.

—Sí —confirmó Yuna, la bruja del elemento Tierra—. Como ya te dije, tus abuelos se lo contaron hasta que cumplió setenta y cinco años-lizandria, equivalentes a quince años-tierra; en ese entonces, ellos tenían miedo, pues no comprendían lo que estaba pasando y decidieron decirle toda la verdad. Además, descubrimos aún más sobre nosotros y la princesa Amaranta —agregó Yuna.

—¿Qué descubrieron, Yuna? —cuestionó Zaphirah.

—Nosotros somos parte del Portal Mágico, hija y Amaranta quería que te contaramos sobre la caja de cristal —dijo Gasba, el mago del elemento Fuego.

—¿Cuál caja de cristal? —interrogó, curiosa, Zaphirah.

—Quería que te explicáramos sobre los colores de las piedras —contestó Gasba—. El color verde, como la esmeralda, fue el rayo que lanzó a Yuna, la bruja del elemento Tierra. El azul, como el zafiro, fue el rayo que lanzó sobre Yala, la bruja del elemento Agua. El blanco, como el diamante, fue el color de rayo que lanzó sobre Nie, el mago del elemento Aire y, el rojo, como el rubí, fue el color del rayo que me lanzó a mí —agregó Gasba.

—Así es, hija. Tal y como lo dice Gasba —dijo Yuna, la bruja del elemento Tierra.

—Entiendo todo, Yuna —manifestó Zaphirah.

—Fue así que la piedra de Sarudien se quedó con nosotros y fue cuando decidimos llevarla al cuidado de los elfos de Avillú, en Ciudad Tisimor.

—¿Por qué hicieron eso, Yuna? —preguntó Zaphirah.

—El portal era algo nuevo para nosotros; no sabíamos nada sobre esa piedra —dijo Yuna, la bruja del elemento Tierra—.

Por otro lado, tu madre, en esa época, sintió toda la confianza e intuición de llevarte a la Tierra y entregarte con una humana. Ahora lo entiendo, esa era la misión de la princesa Amaranta —adicionó Yuna.

—Ella nos dio una esperanza, y el Creador de los Cielos nunca nos dejó solos —dijo Nie, el mago del elemento Aire.

—¡Tres años-tierra intentando superar su muerte y, ahora, enterarme de todo esto! —mencionó Zaphirah, llorando.

—No llores hija, todo tiene respuestas —expresó Yala, la bruja del elemento Agua—. Quizá no comprendamos por qué, pero tarde o temprano todo se revelará; es la sabiduría de toda la naturaleza. Hoy solo sé fuerte y sé tú misma —agregó Yala, limpiándole las lágrimas a Zaphirah, que ya no era una niña, ahora era una señorita.

—Gracias por decirme todo esto —mencionó Zaphirah.

—Hija, nosotros somos pilares en Lizandria pero, al ser parte del Portal Mágico, descubrimos un gran deber. Al empezar a analizar sobre ello, descubrimos que era como una puerta a otro mundo, donde no existe la magia; y cuando decidimos traer a Caleg para que nos enseñara parte de su cultura, empezaron a cambiar muchas cosas en Lizandria y aprendimos mucho —dijo Yuna, la bruja del elemento Tierra.

—¿Qué cosas, Yuna? —cuestionó Zaphirah.

—En la época que regresamos a Caleg a la Tierra, tiempo después, fuimos a buscar a Nilme, el mago de la sabi-

duría y a Mahire, la bruja de las letras; eran los únicos que sabían escribir en Lizandria y fundamos lo que hoy llamamos Mosamindria, que se encuentra en la isla Nemidú, a donde queremos llevarte —dijo Gasba, el mago del elemento Fuego.

—Mosamindria es un lugar de enseñanza a otras criaturas, ese lugar tiene tu edad, Zaphirah. Llevamos setenta años-lizandria enviando a niños y niñas adolescentes al cumplir setenta años-lizandria. Ahí están en un aislamiento de 730 días Lizandria —dijo Yala, la bruja del elemento Agua.

—¿Qué hay en Mosamindria, Yuna? —preguntó Zaphirah

—En Mosamindria se les enseña cómo preservar lo más importante en el mundo de Lizandria: el amor, la paz y la esperanza. Se les enseña a saber distinguir que existe la bondad y la maldad, pero que cada alma decide por sí misma y que siempre habrá consecuencias, entre otras enseñanzas —añadió Yuna.

—¡Mosamindria! —exclamó Zaphirah.

—Así es, Zaphirah. Tu madre estaría muy feliz al saberlo — dijo Gasba, el mago del elemento Fuego.

—Lo sé, ella quería fomentar en mí todos esos ideales — dijo Zaphirah, sumamente conmovida—. Pero ¿por qué me dicen todo esto ahora? —cuestionó Zaphirah.

—Es importante que lo sepas —contestó Nie, el mago del elemento Aire—. Ella, antes de morir, quería que supieras sobre la caja de cristal y por eso decidimos contarte todo —agregó Nie.

—¡Y que sea la voluntad del Creador de los Cielos! —dijo Yala, la bruja del elemento Agua.

—Ahora entiendo por qué está el Portal Mágico en Ciudad Tizara —habló Zaphirah.

—Así es. Y está bajo protección de los Yaramín de Ciudad Tizara —dijo Yuna, la bruja del elemento Tierra—. Si llegara a ser destruido, también nos afectaría a nosotros, a los elementos y a ti, Zaphirah. La quinta piedra que venía en el interior, la amatista, la traes tú en tu amuleto y, ahora, tú y el amuleto son uno —agregó Yuna.

—¿Y eso qué significa? —interrogó Zaphirah.

—Con el tiempo lo sabrás, hija —contestó Yuna, la bruja del elemento Tierra—. Por lo tanto, si Lizandria no tiene a alguno de sus Cuatro Elementos, las criaturas peligran: los árboles, los animales, todo iría en cadena —adicionó Yuna.

—Ahora lo comprendo mejor —declaró Zaphirah.

—Es tiempo de llevarte a Mosamindria —manifestó Gasba, el mago del elemento Fuego—. Para llegar a la isla es por mar o por aire —agregó Gasba.

—Aquí está Nubidi —dijo Yuna, la bruja del elemento Tierra—. El tiempo que estés en Mosamindria, Nubidi estará contigo —agregó Yuna.

—¡Gracias por todo lo que hacen conmigo! —expusó Zaphirah.

—La caja de cristal que te dio tu mamá tiene cuatro orificios esquinados. Pronto sabrás para qué son —men-

cionó Yuna, la bruja del elemento Tierra—. Nubidi sabe en dónde se encuentra Mosamindria —señaló Yuna.

Yuna, la bruja del elemento Tierra repitió dos veces el conjuro «Zaleratuna sonad le erpod ed sal sardep saspreh zarefu e selbitpurrocn», «Naturaleza danos el poder de las piedras hermosas, fuerza e incorrupción», y, en ese momento, los Cuatro Elementos se convirtieron en pequeñas y hermosas piedras; cada una con un color distinto. Eran de forma cubica y alargada. Zaphirah ya no se sorprendía, ¡era un mundo mágico lleno de tanto aprendizaje! Y, al ver las piedras, las tomó entre sus manos. Eran un diamante, un zafiro, un rubí y una esmeralda. Las acomodó en la caja de cristal, junto al amuleto de su mamá, lo guardo en su morral negro y se subió al Gran Águila Blanca.

—¡A Mosamindria, Nubidi! —gritó Zaphirah.

El gran águila alzó el vuelo hacia el sur de Lizandria, rumbo a la isla Nemidú, donde se encontraba Mosamindria. Zaphirah, sin duda alguna, iniciaba una nueva etapa en su vida. Desde las alturas, observó en el maravilloso y verde bosque encantado de Arsavi, algo que no valoraba en la Tierra: la naturaleza. Todos esos meses de aprendizaje junto a los Cuatro Elementos y el pequeño dolor que había en su alma por la pérdida de su madre la habían hecho crecer interiormente. Ya no era la niña miedosa e insegura que había cruzado el Portal Mágico aquella noche oscura a los diez años-tierra, pero seguía siendo ingenua, bondadosa y sensible, a la vez que muy fuerte, valiente; y comenzaba a preguntarse cosas y mostrar un poco de rebeldía. Zaphirah no dudaba que Lizandria era un lugar mágico, habían pasado años-lizandria ¡y ella había vivido tantas cosas! Era increíble ir volando sobre un águila gigantesca que se perdía entre

las nubes por ser tan blanca. Sentía la velocidad, cómo el aire pegaba en su rostro, pero, sobre todo, sentía paz en su alma, una tranquilidad inmensa. De pronto, vio el azul profundo del mar. Sin duda, cada momento que pasaba, valoraba más la naturaleza, la vida en ella, las criaturas y a sí misma.

Pasaron sobre la pequeña isla Barposos y, más adelante, se encontraba Mosamindria en la isla Nemidú. El lugar tenía una arquitectura impactante: era un castillo que reflejaba sabiduría en el medio del océano. Poco a poco, Nubidi iba descendiendo en la parte alta del castillo, hasta que tocó piso. Al bajarse de ella, se quedó observando hacia el mar y, de pronto, las lágrimas salieron de sus ojos. El alma de Zaphirah estaba en paz, pero había dolor, tristeza y emoción por seguir adelante; quería aprender, sentía una fuerza interna para luchar por los ideales de su mamá, solo que ahora sentía que esos ideales eran ya suyos. Se limpió los ojos y sacó la caja de cristal de su morral y dijo: «Zaleratuna netienoc Zaleratuna», «Naturaleza contiene Naturaleza».

De pronto, salió humo de cuatro colores y aparecieron los Cuatro Elementos, Yuna, Yala, Nie y Gasba, cada uno con una vara mágica. Cada vara tenía una piedra del color de su elemento. Yuna, la bruja del elemento Tierra, puso su mano sobre el hombro de Zaphirah, que ya no era tan niña.

—Sé que aún sientes dolor, Zaphirah, pero también siento alegría y paz en tu alma —dijo Yuna, la bruja del elemento Tierra—. Sé fuerte, recuerda lo que Amaranta te dijo: «Nunca dudes de ti misma y sigue adelante, hija» —recordó Yuna, con amor.

—Gracias, Yuna —contestó Zaphirah, con pequeñas lágrimas rodando por sus mejillas.

—Sé fuerte, hija—dijo Yala, la bruja del elemento Agua—.

Ser valiente no quiere decir que dejes de ser sensible, bondadosa y humilde, que dejes de ser una Sehu con defectos y virtudes. Sigue ayudando a otros. Tu intuición ahora es más avanzada y tu alma te guiará —agregó Yala.

—Quizá aún no supero la partida de mi madre. ¡Luché tanto para rescatarla y siento que le fallé! —exclamó tristemente Zaphirah.

—No pienses eso, hiciste todo lo que estuvo en tus manos y Amaranta estaría muy orgullosa de cómo has crecido interiormente, hija. —la tranquilizó Yuna, la bruja del elemento Tierra.

—Sigue siendo igual, no cambies. Absorbe todo lo bueno de tus experiencias, como lo has hecho hasta hoy, y lucha por lo que tú quieres. ¡Sé tu misma, siempre! —dijo Yala, la bruja del elemento Agua.

—¡Gracias! —respondió Zaphirah, de forma nostálgica.

Nubidi, el Águila Blanca, se quedó en aquel patio, en lo más alto del castillo. Zaphirah y los Cuatro Elementos caminaron hacia una puerta enorme de madera, que tenía un símbolo en el medio. Esta se abrió sola. Pasaron por un camino de piedra angosto; había velas en las paredes, lo que reflejaba una pequeña luz tenue. Bajaron unas escaleras en forma de caracol hasta que llegaron a un enorme salón dorado, lleno de libros; ¡libros de todos los tamaños! Grandes, pequeños, de todos los colores. La altura del lugar era impactante y se alcanzaba a observar una arquitectura perfecta, el reflejo de cada columna, un lugar elegante. Había escaleras largas por todos lados, cuadros, esculturas, instrumentos musicales, todo con un toque antiguo ancestral.

Zaphirah no paraba de mirar todo el lugar, algo totalmente distinto a lo que había visitado tanto en la Tierra como ahí, en su mundo. En ese momento, tenía ganas de tomar todos los libros y hojearlos; recordó a su abuela Edugel... recordó la ocasión que fue con sus amigos de la Tierra por los pasillos de la iglesia; la noche que le apareció la marca de la brújula en la palma de su mano izquierda; cuando de pronto se quedó observando un libro en especial y sintió que el corazón le latía rápidamente, caminó de forma lenta hacia el libro. Sus manos temblaban al intentar tomarlo, no comprendía lo que estaba sucediendo. Tomó el libro y lo empezó a hojear y empezó a llorar, sin parar, desde lo más profundo de su alma: ¡era el mismo libro que su abuelita Edugel le leía todas las noches a la orilla de la cama! ¡No podía creerlo! ¡Era exactamente el mismo libro! Se sintió confundida y, a la vez, de pronto todo tenía sentido; se dejó caer en un sillón, abrumada. Ahí estaban cada una de las historias que le contaba su abuelita Edugel y recordó los abrazos sinceros y llenos de paz que le daba.

—¡Hola, Zaphirah! —habló Mahire, la bruja de las letras.

—¿Quién es usted? —cuestionó, un poco asustada, Zaphirah.

—Es un gusto tenerte aquí, en Mosamindria —declaró una voz anciana. Era Nilme, el mago de la sabiduría.

—Y usted, ¿quién es? —preguntó nuevamente Zaphirah—. ¿Qué hace este libro aquí? —añadió.

—Tranquila, Zaphirah, todo se irá revelando en su momento —contestó Mahire, la bruja de las letras—. Nilme, el mago de la sabiduría, dirige Mosamindria y a cada uno de los maestros que están aquí —agregó Mahire.

—¿Qué está pasando, Yuna? —preguntó Zaphirah—. ¿Por qué está este libro aquí?

—Mosamindria siempre ha existido, Zaphirah, solo vivíamos aquí muy pocos. Era un lugar de aislamiento, de meditación, de reflexión. Nilme, el mago de la sabiduría, es una de las criaturas más sabias de Lizandria y yo, desde que era una niña, me dediqué a escribir —dijo Mahire, la bruja de la letras.

—¿Quién escribió todos estos libros? —cuestionó Zaphirah.

—Éramos muy pocos en Lizandria los que sabíamos escribir y, con los años, terminé escribiendo sobre cada una de las criaturas de Lizandria y sus historias. Criaturas buenas y criaturas malas y, entre esas historias, está la de tu madre cuando fue perseguida por una bruja oscura —dijo Mahire, la bruja de las letras—. En esa época, llegó Yuna, la bruja del elemento Tierra a Mosamindria y nos habló de la experiencia que habían tenido con un humano de la Tierra y cómo preservaban su cultura, sus tradiciones y sus valores, sus historias a través de la enseñanza hacia las nuevas generaciones y fue así que Nilme, el mago de la sabiduría, decidio que Mosamindria se convertiría en una escuela aislada para todos los niños de Lizandria, enseñándoles así a preservar la paz, el amor y la esperanza para nuestro mundo —agregó Mahire con paciencia y tranquilidad.

—El libro que me leía mi abuelita, ¿lo escribiste tú? —preguntó Zaphirah, muy sorprendid

—Sí —respondió Mahire.

—¿Cómo es posible? —cuestionó Zaphirah—. ¡Estoy en shock!

—Yo era una niña sola, siempre quería aprender y solo algunas criaturas sabían hacerlo, por lo que empecé a escribir mis propios pensamientos y vivencias, pero terminé escribiendo la vida de cada criatura existente en Lizandria —manifestó Mahire, muy orgullosa—. Y aquí, en esta biblioteca, se encuentra cada libro.

—¿Cómo fue que mi abuelita tenía este mismo libro? —preguntó Zaphirah.

En eso Yuna se acercó a Zaphirah y a la bruja de las letras... —Cuando enviamos a Caleg a la Tierra, fui a Mosamindria y les hablé sobre las escuelas que había en la Tierra, todo lo que ocurrió con la princesa Amaranta en aquella época y Mahire me dio un libro donde ya había escrito sobre la bruja oscura que perseguía a tu madre, entre otras historias de Lizandria —dijo Yuna, la bruja del elemento Tierra—. Cuando vi a la princesa despedirse de ti aquel día en la Tierra, yo decidí darle el libro a Edugel y le dije que eso te iría preparando en espíritu, poco a poco, por si algún día regresábamos por ti, y así fue Zaphirah —añadió Yuna.

Zaphirah no dejaba de sorprenderse, todo cambiaba cada día, todo era diferente, como las piezas de un rompecabezas. Historias entrelazadas, unas con otras; pasado y presente; presente y pasado, futuro y pasado; pasado y futuro. Zaphirah abrazaba el libro con mucho amor y quería seguir llorando, pero desde que visitó la tumba de su madre, había derramado ya bastantes lágrimas y también sentía una emoción enorme al tener ese libro en sus manos; ¡era parte de su niñez, sus creencias y recordó a su abuelita Edugel, le recordó todo ese mundo en la Tierra!

—¡Quédatelo, Zaphirah! —expresó Mahire, la bruja de las letras.

—¡Gracias, Mahire! —respondió, sumamente emocionada, Zaphirah

—Estás aquí porque eres un eslabón para Lizandria, tu madre lo era también. Estás aquí para aprender, compartir y enseñar. Estás aquí para preservar Lizandria, como todos los alumnos que están y llegaron a Mosamindria —declaró Nilme, el mago de la sabiduría—. Sin embargo, recuerda: hay reglas, disciplina y aprendizajes —agregó Nilme.

—¡Sí, señor! —contestó Zaphirah, imitando el saludo militar de la Tierra.

Los Cuatro Elementos se despidieron de Zaphirah, ya no tan niña, que iniciaba una nueva etapa en su vida, una etapa de enseñanza, una etapa que sería inolvidable. Ella los acompañó al mismo patio donde estaba Nubidi y, de forma repentina, Zaphirah se acercó a Yuna, la bruja del elemento Tierra, y la abrazó con gran fuerza por bastante tiempo.

—¡Gracias por no dejarme en los momentos más difíciles, Yuna! —expuso Zaphirah.

—Siempre estaré contigo, mi niña. Tu madre me pidió cuidarte. Ella se ha ido, pero aquí estoy yo —respondió, sumamente emocionada, Yuna, la bruja del elemento Tierra—. No lo olvides; en cualquier momento que me necesites ¡ahí estaré, Zaphirah! —agregó Yuna.

—¡Gracias a todos! —manifestó Zaphirah a los elementos—. ¡No se preocupen por mí, estaré bien!

—¡Siempre supe que eras más fuerte de lo que reflejas! —dijo Yala, la bruja del elemento Agua—. No sueltes esa

parte de ti; te ayudará y, en algunas ocasiones, será tu escudo. No lo olvides y, tal cual como eres tú, sin dañar a otros. Siempre habrá obstáculos, pero tu alma puede superarlos y nunca dudes de ti misma —agregó Yala, la bruja del elemento Agua.

Los dos magos, Nie, el mago del elemento Aire y Gasba, el mago del elemento Fuego se quedaron callados y se despidieron de Zaphirah. Gasba se convirtió en el dragón dorado y se fue hacia el sur, Nie se convirtió en un águila negra y se dirigió al oeste. Yala se aventó al agua y se convirtió en una tortuga gigante, dirigiéndose hacia el este.

—¡Zaphirah, Nubidi me llevará al bosque Zalera, pero regresará, estará contigo el tiempo que lo necesites! —dijo Yuna, la bruja del elemento Tierra—. Hija, cuídate mucho, por favor, sigue las reglas de Mosamindria. Conocerás a otras criaturas y harás amigos, pero recuerda: solo sé tú misma —agregó Yuna, subiéndose al Gran Águila Blanca.

—Sí, Yuna, ¡no te preocupes! —contestó Zaphirah.

—Adiós, Zaphirah, no podremos verte mucho, tienes que aprender por ti misma. ¡En unos meses nos veremos, Adióoos...! —gritó Yuna, desde los cielos.

Zaphirah alzó la mano, diciéndole adiós a Yuna, la bruja del elemento Tierra, que ya iba lejos de la isla. Ahí se quedó Zaphirah, parada, con la mirada perdida entre el inmenso mar, sola, escuchando el sonido de las olas cuando golpeaban las rocas gigantes alrededor de la isla. Los rizos de Zaphirah volaban por su rostro, su ropaje blanco se levantaba por el viento. Había paz y tranquilidad en el alma de Zaphirah, pero también había dolor. Tenía una gran tristeza en un rincón de su alma, algo así como emoción,

alegría y felicidad por seguir adelante y, en ese momento, Zaphirah se sintió entre el pasado, el presente y el futuro. Era demasiado intuitiva, perceptiva y se dio cuenta que su vida había cambiado totalmente, pero, en su interior, tenía el gran deseo de luchar por sus ideales. Tomó su amuleto, cerró los ojos y se unió con los sonidos naturales que había a su alrededor, tratando de absorber esa energía natural alrededor de ella. En eso, llegó Mahire, la bruja de las letras, para mostrarle su habitación, la cual compartiría con dos ninfas de su edad y se dirigió a su cama, donde se quedó profundamente dormida: ¡al día siguiente le esperaba su primer día de clases!

Zaphirah tenía catorce años-tierra, setenta años-lizandria. Se encontraba en una escuela sola, con otras criaturas que no conocía. ¡Guau! ¡Todos los días quería escuchar esta historia! Mi escuela quedaba retirada de la casa de mis padres así que, cuando llegaba el auto, corría y subía las escaleras hasta llegar al libro, tomarlo y llevárselo a mi madre. Quería seguir escuchando estas historias tan mágicas. Mi madre se soprendía porque solo quería que ella lo leyera y me decía: «Pero, Zaye, esta historia ya te la leí muchas veces». Yo leía otros libros, muchos, pero cuando ella contaba esta historia era distinto, tan único. Mi madre tenía una forma de contar historias, que me hacían imaginar todo. Bueno, continuamos con la historia...

Zaphirah se quedó dormida aquella primera noche en Mosamindria y se perdió entre sus sueños...

De pronto, Zaphirah se encontraba con un vestido raro, extraño, largo y con encaje e iba bajando unas escaleras de forma rápida, a punto de tropezar cuando, al mismo tiempo, un elfo casi chocaba con ella y cada uno siguió su camino. Había multitud de criaturas y, de pronto, ¡pop!, despertó en medio de la noche, se levantó y observó que

Ypalop y Azalop, las ninfas, estaban completamente dormidas. Se acercó a la ventana, miró la luna llena y recordó la noche en que había llegado a Lizandria. Regresó a su cama y se volvió a quedar dormida.

Al día siguiente, alguien pasó tocando las puertas de una manera ruidosa, gritando: «¡El desayuno será a las seis en punto o pierden el derecho a comer!».

Zaphirah se sentía nerviosa, estaba viviendo cosas nuevas y se encontraba sola. Se dirigió al salón Nomenal, donde cada criatura tomaba su comida y se dirigía a una mesa. Ella se fue a una mesa sola y después llegaron Ypalop y Azalop, las ninfas. Su primer clase fue danza, con la profesora Tura, un hada del norte que les explicó la importancia del baile dentro de cada cultura y como, al intercatuar tantas criaturas de distintas culturas, las emociones surgen y emanan de los cuerpos al combinar música y baile. Les pidió a las nuevas criaturas que llegaron que hiciesen una presentación para todos los alumnos de Mosamindria. Zaphirah estaba seria, era tímida y volteó hacia la parte de atrás del salón, donde vio que las ninfas también estaban ahí. Al terminar la clase, se levantó y salió rápido del salón. Al cruzar el pasillo vio al fondo, que estaba el elfo que había soñado la noche anterior; él se dio cuenta que ella lo observaba, por lo que Zaphirah rápidamente se dio la vuelta y se dirigió a su siguiente clase. Ella no comprendía nada, ¿sería otra de sus premoniciones? Pero, sin duda, aquel elfo ya era popular en Mosamindria. La siguiente clase era geografía de Lizandria, cosa que en el viaje que hizo con los Cuatro Elementos, había aprendido mucho, por lo que esa materia le traía bastantes recuerdos.

Dos semanas después, llegó el día del gran evento: las criaturas que habían llegado a Mosamindria ese año

harían una presentación de baile. Zaphirah estaba muy emocionada pero también bastante asustada, ya que era la única Sehu. Todos los alumnos de Mosamindria estaban en el gran salón Teramagi. Pasaron primero los yaramín, con una presentación entre brincos constantes, paralelos a sonidos y un vestuario impresionante. Le siguieron las ninfas, que estaban descalzas y, mientras una tocaba el arpa, las demás daban vueltas en círculos, moviendo las manos de un lado para otro de forma espiritual y emanaban una tranquilidad inmensa y mucha paz. Le siguieron los elfos, entre pequeñas acrobacias, al ritmo de flautas y, al final, llegó la presentación de Zaphirah. Su abuela Cetina, reina de Ciudad Alemo, le había hablado de los Sehu, sus tradiciones, su cultura, y ella ya había estado en los pequeños bailes de Ciudad Alemo. Pero también quería mostrar algo de las tradiciones de la Tierra. Ese día, Zaphirah traía un bastón, el cabello recogido y su vestuario era un vestido blanco con encaje, largo hasta los pies. Cuando Sojalet empezó a tocar el violín, el baile de Zaphirah se sincronizó con el sonido de la melodía y los movimientos de las manos con el bastón. Los pies parecían plumas en el aire y Zaphirah, tan nerviosa y miedosa ante el público, olvidó que había alumnos en el lugar. Solo se escuchaba la música y, de pronto, se acercó a Sojalet y tomó el otro violín que estaba a un lado de esta criatura, e inició a tocar el violín y a bailar al mismo tiempo, dando vueltas sin soltar el violín. Era una melodía distinta, llena de fuerza, paz y alegría. Así, la adolescente combinó lo aprendido tanto en la Tierra como en Lizandria. Era como una bailarina de ballet tocando el violín sin parar, en conjunto con Sojalet. Terminaron de tocar y el gran evento concluyó y todos los alumnos se retiraron hacia sus siguientes clases.

—¡Gracias, Sojalet! —dijo, muy emocionada, Zaphirah.

—De nada, ¡todo salió muy bien! —contestó Sojalet—. No sabía que también tocabas el violín.

—Sí, un poco —contestó Zaphirah—. ¿Qué criatura eres? — preguntó Zaphirah.

—Un Sehu —corroboró Sojalet.

—¡No lo pareces! —expresó, asombrada, Zaphirah.

—Me fui muy joven de Ciudad Alemo a viajar por toda Lizandria. Allá se quedaron mi madre y mi hermana — respondió Sojalet.

—¿Aquí estudias? —cuestionó Zaphirah.

—No —confirmó Sojalet—. Ayudo a la maestra Tura, sé tocar varios instrumentos, ¡me gusta mucho la música! —agregó Sojalet, con una gran emoción.

—Ya veo —contestó Zaphirah.

—Muchos creen que soy engreído porque soy muy serio, pero no me importa lo que piensen de mí; sé lo que soy —afirmó Sojalet.

—¡Gracias por apoyarme en mi presentación, estaba muy nerviosa! —dijo Zaphira

—De nada —respondió Sojalet—. ¿Cómo te llamas? —preguntó

—Zaphirah, y también soy una Sehu —contestó ella—. ¡Adiós y gracias!

Cuando Zaphirah terminó de hablar con Sojalet, se di-

rigió hacia el dormitorio; bajó por unas escaleras y, al dar una vuelta, chocó con un elfo. Se disculpó, profundamente apenada, y cada uno siguió su camino. Con el paso de los días, Zaphirah se enteró de que aquel elfo se llamaba Sejober, al cual nunca conoció directamente, pero quien se convirtió en su amor platónico. Zaphirah se estaba adaptando en Mosamindria: todo allí era distinto. Y aunque había muchas criaturas distintas, aún no tenía amigas. La biblioteca estaba abierta por las mañanas, por lo que, siempre que tenía oportunidad, iba a leer allí. Hasta que un día, sin darse cuenta, al buscar la biblioteca se fue por otro camino. Era bastante largo y no parecía terminar nunca. Llegó a un pequeño salón en el que había muchos niños pequeños. De repente, escuchó una pequeña voz y, por instinto, corrió a esconderse detrás de unas cortinas, desde donde observó que había entrado Tasha, la maestra de química.

"¿Qué haría la maestra de química con esos niños, lejos de las aulas?" se preguntó Zaphirah, intrigada.

Zaphirah se olvidó de su siguiente clase y se quedó detrás de la cortina, observando a aquellos diez niños y niñas pequeños, de entre cinco y siete años-tierra. La mayoría eran niños. La maestra estaba sentada en su escritorio, paciente, mientras los niños estaban concentrados en una actividad. Zaphirah no podía salir sin que la vieran, así que esperó hasta que la maestra se levantó a recoger las hojas con las que estaban trabajando los niños y se fue hacia las aulas, pasando la biblioteca. Zaphirah salió de detrás de las cortinas y dos de los niños se dieron cuenta y se acercaron a ella.

—¿Tú quién eres? —cuestionó la niña.

—Me llamo Zaphirah —confirmó.

—¿Qué haces aquí? —preguntó el niño.

—Me perdí —dijo Zaphirah, un poco apenada.

—Se supone que nadie sabe de la existencia de este salón — dijo la niña.

—¿Ustedes cómo se llaman? —interrogó Zaphirah.

—Yo me llamo Oximi —contestó la niña—, y él es Hinojeg, mi hermano —agregó la niña.

—Tienes que irte, Zaphirah —expresó Oximi—. Se supone que nadie sabe de nosotros, solo la maestra, la bruja de las letras y el mago Nilme —agregó Oximi, mirando hacia los lados, como si buscase a alguien.

—¿Por qué? —cuestionó Zaphirah.

—No lo sabemos —contestó Hinojeg.

—¡Que extraño! —mencionó Zaphirah—, de todos modos, ustedes tampoco digan nada a nadie de que me vieron, yo regresaré.

—Sí, Zaphirah. Nosotros no diremos nada —contestó Oximi—. ¡Pero te pueden expulsar de Mosamindria! —agregó, preocupada, la niña.

Zaphirah se fue sigilosamente, sin que nadie la descubriera, hasta que llegó a su clase de idiomas, donde el maestro la regañó por llegar tarde y le dejó más tarea que a los demás. Al salir de su clase, a lo lejos, vio a Sejober con un hada del norte. En eso llegaron Ypalop y Azalop, las ninfas con las que Zaphirah compartía su dormitorio.

—¡Hola, Zaphirah! —saludó Ypalop.

—¿Qué haces aquí parada? —agregó Azalop.

—Nada, ¡voy a mi siguiente clase!

—Mira, Ypalop, ahí está Nuvada con su novio —dijo Azalop, señalando a una pareja un poco alejada de ellas.

—Déjalos, tenemos que irnos o se nos hará tarde. No quiero que me pase lo que pasó a Zaphirah en la clase de idiomas —dijo Ypalop. Y todos se apresuraron a ir a la otra clase.

A Zaphirah le gustaba Sejober, que era de los elfos más guapos y populares en Mosamindria. Era muy alto, siempre se veía contento, feliz; pero el elfo ni siquiera sabía que existía Zaphirah y, por primera vez, Zaphirah conoció lo que era un amor platónico. No quiso platicarlo con nadie, pero en la intimidad de su dormitorio, cuando no se encontraban las ninfas, se ponía a escribir en su diario, como siempre lo hacía. Algo le atraía de aquel elfo, pero Zaphirah era demasiado tímida y esta era la primera vez que sentía algo por alguien, al que solo había visto dos veces. Pasaron los días y Nilme, el mago de la sabiduría, les anunció que aún faltaban alumnos por llegar para ese año.

Una noche, Zaphirah escuchó un ruido. Las ninfas estaban totalmente dormidas y sintió curiosidad por lo que se oía en el cuarto, así que siguió el sonido. Se escuchaba en lo alto, así que siguió por unas escaleras con cuidado, pues no quería que nadie la viera. Intentó regresar a su dormitorio, pero su curiosidad fue más fuerte y siguió subiendo las angostas escaleras. Empezó a sentir el frío del aire y escuchó susurros de voces. Abrió lentamente

la puerta y, en la oscuridad de la noche, alcanzó a ver a Sejober, que estaba con alguien, e imaginó que era Nuvada. Pero al ver bien, se dio cuenta de que no era ella, era otra criatura. Zaphirah no logró identificarla. Ellos se subieron a un enorme alce blanco con alas, que ya había visto en Ciudad Tisimor, por el bosque Avillú. Se fueron volando, alejándose de Mosamindria y, en ese momento, Zaphirah sintió una gran decepción; se había imaginado a Sejober de otra forma. En los pasillos de las aulas se le veía feliz con Nuvada, y Zaphirah sintió pena por ella. Bajó las escaleras lo más rápido posible y vio que había maestros montando guardia en las noches. Abrió la puerta de su dormitorio con cuidado y se metió a su cama, sin hacer ruido, y se quedó dormida.

Al día siguiente, como todas las mañanas, pasaron a tocar las puertas fuertemente, con el aviso del desayuno. Zaphirah extrañaba a los elementos, recordaba el gran viaje que hizo con ellos por toda Lizandria; en Mosamindria, se sentía sola. Estaba aprendiendo cosas diferentes, pero extrañaba todos esos viajes en los que conocía a otras criaturas y sus culturas. Se levantó y, de abajo de la cama, sacó el gran arco que le había regalado Yasuj, el príncipe de los elfos de Avillú, cuando pasaron por Ciudad Tisimor.

—¡Apúrate, Zaphirah, o te quedarás sin desayuno! —la apuró Ypalop.

—¿Qué es eso? —preguntó, intrigada, Ypalop.

—¡Nada! —contestó Zaphirah y, rápidamente, guardó el arco debajo de su cama.

Se cambiaron y salieron del dormitorio. Zaphirah era demasiado reservada, no confiaba en nadie. Se dirigieron a la cafetería, donde eran excesivamente estrictos.

Las ninfas se encontraban con Zaphirah cuando llegó Nuvada y se sentó con ellos.

—Zaphirah, ella es Nuvada. Va más avanzada en sus clases —dijo Ypalop.

—Hola, Zaphirah —dijo Nuvada, amablemente.

—Hola —contestó Zaphirah.

—¿De casualidad no han visto a Sejober? —les preguntó Nuvada

—No, no lo hemos visto —contestó Ypalop.

Zaphirah agachó la cabeza y siguió comiendo sin decir nada. Nuvada era de las mejores estudiantes de Mosamindria, muy dedicada; era buena.

Sejober llegó directamente a la mesa en la que se encontraban Nuvada y Zaphirah, y, al darse cuenta de la presencia de este, Zaphirah se levantó y se fue.

—Zaphirah, ¿ya te vas? —cuestionó Ypalop.

—Sí, necesito hacer algo rápido —respondió Zaphirah, apurada.

—¡Te estaba buscando! —le dijo Nuvada a Sejober.

—Se me hizo un poco tarde —replicó.

—Desayuna rápido, están por cerrar el área de comida —dijo Nuvada.

—Ya no me da tiempo —contestó Sejober, observando que ya empezaban a cerrar la cocina.

Cuando Zaphirah se levantó, salió lo más pronto que pudo de la cafetería. Sentía pena por Nuvada, sentía que era injusto lo que le pasaba y, sin querer, chocó con alguien en la entrada de la cafetería.

—¡Fíjate por dónde caminas, tonta! —exclamó Alini, otra hada del norte.

Cuando Zaphirah vio con quién había chocado, inmediatamente la identificó: era un hada del norte y ¡era la criatura con la que vio a Sejober la noche anterior! Era una criatura bella por fuera y fea por dentro, con aires de superioridad. Zaphirah no contestó nada y salió de la cafetería. Se sentía mal por no poder decirle nada a Nuvada. Ni siquiera la conocía, pero logró percibir que el hada del norte con la que había chocado tenía maldad en su alma. Zaphirah se tocó el amuleto con el brazo izquierdo y siguió su camino normal hacia las aulas.

En Mosamindria había reglas muy estrictas. Nilme, el mago de la sabiduría, dejó muy claro que las criaturas que tenían habilidades especiales o sabían de magia, tenían estrictamente prohibido usarla en Mosamindria; solo podían usarla con autorización de los profesores para algún proyecto especial. La misión de las criaturas en Mosamindria era aprender, conocer cómo preservar la paz, la conservación de los grandes bosques y el cuidado de todas las criaturas.

Mosamindria era un lugar increíble que estaba en una isla apartada de Lizandria. Su arquitectura era antigua, misteriosa, ancestral. Se veía la unión de tres castillos, en la montaña más alta de la isla. Al entrar, todo era arte: las estructuras, los salones..., y en ningún momento se dejaba de percibir la gran sabiduría del lugar. En los pasillos había pinturas, esculturas, instrumentos musicales y, además, tenía tres grandes bibliotecas; dos eran nor-

males, pero la tercer biblioteca estaba cerrada para todos los alumnos. Solo algunos profesores podían entrar. Era fácil perderse en aquel lugar, sobre todo para los nuevos alumnos. Había pasadizos y escaleras por todos lados que, de alguna forma, se conectaban. La altura del lugar era impresionante y se escuchaba a lo lejos el pequeño eco de las voces. En lo alto, entraba la luz del sol por unas ventanillas, cerca del techo del castillo, y había una inmensa cantidad de libros.

Zaphirah iba caminando sola por los pasillos de las bibliotecas cuando se encontró a Sojalet.

—¿Qué haces por acá, Zaphirah? —preguntó Sojalet, el Sehu que toca instrumentos musicales.

—Nada, ¡voy a buscar un libro! —contestó apresurada, Zaphirah.

—Creo que ya estás muy lejos —dijo Sojalet—. Por allá no hay nada. ¿Quieres acompañarme? —preguntó.

—¿A dónde?

—Ven.

La guio por un pazadizo, subieron escaleras, muchas escaleras, y salieron a una construcción, ya vieja, que era una de las torrecillas del castillo, donde los ladrillos se caían. Salieron con cuidado hacia uno de los techos y se sentaron a ver la vista del mar, que era hermosa.

—Este es uno de mis lugares favoritos en Mosamindria —dijo Sojalet.

—¿Por qué? —cuestionó Zaphirah.

—Zaphirah, soy muy raro, me gusta estar solo. Soy muy callado y serio y este lugar es muy tranquilo —expresó Sojalet—. Aquí vengo cuando puedo y me siento a pensar sobre la vida.

—Ya veo —contestó Zaphirah, que en ese momento entendió la madurez, seriedad y sabiduría de aquella criatura joven, pero mayor que ella.

—Casi no tengo amigos, solo uno y, ahora, tú —dijo Sajolet—. Zaphirah, tú eres diferente.

—¿Por qué lo dices? —preguntó Zaphirah.

—Eres buena y estás muy joven. Valora siempre la vida.

—¡Pero si apenas me conoces!

—No olvides que soy un Sehu —contestó Sajolet.

Ahí se quedaron los dos, observando la naturaleza a su alrededor. Ese día, Zaphirah sintió gran admiración por Sajolet. Él era mucho más grande que ella y, cuando hablaba, siempre le daba consejos con mucha sabiduría.

—Me tengo que ir, Sajolet —expresó Zaphirah, un tanto apesadumbrada.

—Te acompaño, tengo que ir con la maestra Tura —contestó Sajolet, levantándose.

—Pero... es que necesito ir a la biblioteca —habló Zaphirah.

—Está bien, bajamos y, a la izquierda, encontrarás el camino a una de las bibliotecas —expuso Sajolet.

—Gracias. Nos vemos y... ¡gracias por todos tus consejos! —exclamó Zaphirah.

Cuando Sajolet se fue, Zaphirah ya sabía dónde se encontraban los Eriotos, aquellos niños que conoció en sus primeros días en Mosamindria. Ya los había visitado, más de una vez, a escondidas. Se había encariñado con Oximi e Hinojeg y aún no sabía qué clase de criaturas eran. En el viaje que hizo con los Cuatro Elementos, no recordaba haber conocido a estas criaturas. En las dos bibliotecas no había información sobre ellos y ella sentía mucha curiosidad por saber quiénes eran los Eriotos, así que fue a verlos. Para esto, los niños también se habían encariñado con Zaphirah.

Al paso de los días, una tarde, regresó a su dormitorio y se encontró a Sejober, el elfo, el novio de Nuvada.

Pero esta vez, él la detuvo:

—¿Por qué eres tan callada? —preguntó Sejober.

—No sé —contestó Zaphirah, tímidamente.

—Te he visto con Nuvada y sus amigas —dijo Sejober.

—Sí, Ypalop y Azalop son mis amigas. Permíteme, me tengo que ir —comentó empezando a caminar—. ¿Y Nuvada?

—No sé. Ahora, lo que me interesa es saber por qué eres tan callada —insistió Sejobe.

—Si me disculpas, me tengo que ir —contestó, más enfática, Zaphirah y, en sus pensamientos, reflexionó: «¿Cómo este tipo puede estar con dos criaturas al mismo

tiempo? No es sincero, sí, es guapo, popular y, aparentemente, noble, pero es un gran mentiroso que juega con Nuvada, ¿cómo se puede confiar en alguien así?».

—¿Acaso me estás evitando? —preguntó, insistente, Sejober.

—¡Conmigo no necesitas aparentar! —explotó Zaphirah.

—¿De qué hablas? —preguntó sorprendido Sejober, el elfo de Avillú.

—De nada y, si me permites, ¡tengo prisa! —contestó Zaphirah, muy molesta y, entre pensamientos, se decía: «Valiente amor platónico el mío por este tipo».

Zaphirah siguió su camino, iba enojadísima. Al darse cuenta de cómo era realmente Sejober, se había decepcionado totalmente. Él nunca imaginó que Zaphirah supiese que tenía dos novias y que, además, coqueteaba con otras. Ese día, se fue hablando sola entre dientes, totalmente desilusionada. Y es que un amor platónico es solo una ilusión, hasta que descubres los verdaderos rostros de las criaturas.

Zaphirah solo pensaba en aquel elfo, escribía sobre él y se ilusionó con la idea de que fuese una criatura honesta, pero su misma ilusión la hizo observarlo engañando a Nuvada y descubrió que no era lo que ella imaginaba para una pareja. Ese día se dijo a sí misma que ella no sería la indicada para decirle a Nuvada. Había aprendido a dejar fluir las cosas de forma natural, por lo que siguió con sus estudios y se alejó de ese grupo.

Un día, en la clase de Historia de Lizandria, se sentó al lado de un hada del norte que no era como un hada del sur,

sino más grande... Las hadas del norte eran del tamaño normal de una Sehu, ninfa o elfo, solo que eran muy delgadas, frágiles y sus alas eran como las hojas de los árboles. Ese día, Zaphirah conoció a Lynab. Zaphirah iba entrando a la clase cuando Alini, la otra hada del norte, la empujó. Zaphirah no hizo caso y siguió buscando un asiento, entonces Lynab alzó la mano y le señaló el lugar que estaba a su lado y, desde ese día, se hicieron muy buenas amigas. Hacían la tarea juntas, no se acercaban a nadie más y cada día trataban de superarse en todas las clases, sin envidias, sin egoísmo, trabajando a la par.

Una noche, Zaphirah y Lynab salieron a escondidas de sus dormitorios y se fueron hacia el lado de las bibliotecas. Subieron muchas escaleras hasta que llegaron a la biblioteca prohibida. Lynab usó su magia para abrir la imponente puerta de hierro. Al entrar, Zaphirah recordó el día que llegó a Mosamindria, con los Cuatro Elementos. Ahí fue donde le presentaron a Mahire, la bruja de las letras, y a Nilme, el mago de la sabiduría.

—¿Qué pasó, Zaphirah? —preguntó Lynab.

—Nada, solo me estaba acordando de algo —contestó Zaphirah.

—¿Qué es lo que estamos buscando, Zaphirah? —cuestionó Lynab.

—¡Baja la voz, que alguien te puede escuchar! —susurró Zaphirah—. Estamos buscando información.

—Buscaré de este lado, tú busca del lado derecho —expresó Lynab, en voz baja también.

—Está bien —contestó Zaphirah, de forma sigilosa. Es-

tuvieron por varias horas hojeando libros. Había datos de todas las criaturas, pero aún no hallaban nada sobre los Eriotos, hasta que, por fin, Lynab encontró algo.

—¡Mira, Zaphirah! —dijo muy emocionada Lynab—. ¡Creo que encontré algo!

Zaphirah, al abrir el libro, vio dibujos de unos niños pequeños que decían «Los Eriotos».

—¡Esto es lo que estaba buscando! —exclamó Zaphirah.

—Pero es tarde, tenemos que irnos —dijo Lynab.

—Me llevaré el libro y, en cuanto lo lea, lo traeremos de vuelta —dijo Zaphirah.

Las dos salieron sigilosamente de la biblioteca prohibida y, por uno de los pasillos, venía la profesora Tasha y Zaphirah, por instinto, con su mano izquierda tocó el amuleto e hizo un campo magnético alrededor de Lynab y de ella, campo que las cubrió y las hizo totalmente invisibles, por lo que la profesora no las vio. En cuanto desapareció la profesora Tasha, Zaphirah y Lynab se fueron hacia sus dormitorios. Cuando Zaphirah entró a su dormitorio, las ninfas estaban totalmente dormidas así que, con mucho sigilo, se puso a leer el libro, que despertó de tal forma su curiosidad, que no lo dejó hasta terminarlo. Desde pequeña aprendió, gracias a su abuelita Edugel, de la Tierra, a adquirir conocimiento al leer muchos libros; su abuela era una humana muy sabia y noble.

Zaphirah se estaba preparando para aprender todo sobre Lizandria, y cuando los Cuatro Elementos dejaron a Zaphirah en Mosamindria, cada uno se fue a su hogar. Pero nadie sabía que, desde aquel día, Yala, la bruja del

elemento Agua, había desaparecido. Esa noche, después de despedirse de Zaphirah en Mosamindria, se retiró rumbo a la playa Sahubi, donde vivía, e iba convertida en una tortuga gigante cuando, de pronto, en medio del océano, quedó atrapada en una red enorme, la cual era jalada desde un barco y, al subirla, se acercó un hombre que le vertió encima una poción mágica y la transformó en Yala, la bruja del elemento Agua. Ella, al querer convertirse en otra criatura del agua y poder escapar, fue incapaz de usar sus poderes mágicos. Yala estaba muy asustada, ¡no podía usar ninguno de sus poderes!

—¿Qué me has hecho? —preguntó, gritando, Yala, la bruja del elemento Agua.

El pirata no le hizo el menor caso, se dirigió al timón y dio vuelta hacia la izquierda, hacia el este de Lizandria.

—¡Llévensela! —exclamó el hombre del barco.

Dos mujeres la levantaron del suelo, la llevaron hacia un camarote en la parte baja y la metieron en una jaula de su tamaño.

—¡No se imaginan lo que puede pasar en Lizandria sin mis poderes! —gritó Yala, la bruja del elemento Agua, desesperada—. ¡Contéstenme, sé que son sirenas, tienen que ayudarme! ¡Lizandria y todas sus criaturas están en peligro!

Ninguna de las dos sirenas hizo caso. Se fueron, dejándola encerrada. Yala estaba muy asustada; movió las manos y quiso comunicarse con los otros elementos, pero todo fue en vano. ¡No podía hacerlo! Sintió una gran angustia y desesperación y cayó al suelo, donde se puso a llorar. ¡Lizandria corría un gran peligro y nadie sabía de la captura de Yala, la bruja del elemento Agua! Cuando el pirata vertió la poción mágica en Yala, en ese preciso momento, se cimbraron las olas del mar, los ríos, los arroyos, las lagunas y, de alguna forma, los demás elementos y Zaphirah tuvieron el presentimiento de que algo estaba pasando, pero sin imaginar el peligro que se avecinaba. Todo lo que hacía Yala era en vano. No tenía ya ningún poder. Una de las sirenas se acercó a darle de comer y, cuando está se dio la vuelta, Yala le habló.

—¡Ayúdame! —suplicó Yala, la bruja del elemento Agua—. ¡Tienes que ayudarme!

—No puedo —contestó la sirena.

—¡Todos corremos peligro! —dijo Yala, desesperada.

—Lo siento, tengo prohibido hablar contigo —respondió aquella sirena.

—¡Tú eres buena! —dijo Yala, la bruja del elemento Agua—. No puedes ser parte de esto.

—Lo siento —murmuró la sirena y se alejó rápidamente de ahí.

Yala se desplomó en el suelo. Cada momento que pasaba perdía energía, se sentía más débil, ya ni siquiera sentía caer las lágrimas de su rostro. Estaba terriblemente preocupada; el agua era parte esencial tanto para Lizandria como para todas las criaturas vivientes. En la parte de arriba del barco estaban todos los piratas y algunas sirenas. El pirata Osoros era el capitán e iba al timón. De pronto, una nube negra en el cielo, con movimientos fuertes, arribó y entró al cuerpo de uno de los piratas: era Ecalec, el temible Ecalec, el mago oscuro de las montañas de Eldemor, del que todos hablaban, pero no sabían nada.

—¡Todo salió como lo tenías planeado, Ecalec! —exclamó, ufano, Osoros, el pirata—. Capturamos a la bruja del elemento Agua.

—¡Muy bien, tenemos que seguir el plan! Pronto habrá cambios en Lizandria, debemos darnos prisa. Yala es la bruja del elemento Agua, es un pilar importante para Lizandria —dijo Ecalec—. Llevémosla a la isla del Anillo de la Esperanza y allí podré regresarle sus poderes mientras llega a mí la piedra de Sarudien, de la que tanto me hablaste.

—Al parecer, la tiene una princesa llamada Zaphirah. Es hija de un humano y una princesa Sehu, llamada Amaranta —explicó Osoros—. La misma que murió en la batalla que tuvo contra Nela, la bruja oscura, hace unos años en Ciudad Alemo.

—Las recuerdo perfectamente y también a la piedra de Sarudien —dijo, tenebrosamente, Ecalec, el mago oscuro—.

Hace algunos años, Nela perdió su alma por no entregarme el alma de la princesa Amaranta. Mucho antes de que ellas nacieran fue cuando te ayudé a ti, Alemur.

—Señor, ya no soy un elfo, ¡soy un pirata ahora! —exclamó Osoros.

—¿Cómo estás tan seguro de que vendrá esa niña con la piedra de Sarudien?

—Hubo rumores de que en estos últimos tres años-lizandria esa niña viajó junto a los cuatro elementos por toda Lizandria. Ella está muy apegada a los Cuatro Elementos y no los dejará solos. En cuanto se entere de que la bruja está desaparecida, vendrá —comentó Osoros, con una sonrisa malévola.

—¿Dónde está ahora? —preguntó Ecalec.

—Se dice que esta aislada en Mosamindria —contestó Osoros.

—Aun así, si este plan falla, tengo otro plan —dijo Ecalec, el mago oscuro—. Vete a la isla y me envías mensaje en cuanto llegues allá con Yala, yo necesito ir a Eldemor.

—¡Sí, señor! —respondió Osoros.

Ecalec, el mago oscuro de las montañas oscuras de El-demor, salió del cuerpo del pirata y la nube negra voló hacia el este. El océano estaba enojado, las mareas eran cada vez más agresivas; el imponente barco de Osoros, llamado El Bellmar, perdía control. Iban a todo estribor hacia la isla del Anillo de la Esperanza, mientras que en Lizandria, el gran río Asabi, poco a poco, iba perdiendo vida. El agua que pasaba era menos y los arroyos empezaron a secarse. En el hermoso lago Tolú, de Ciudad Tizara, de pronto ya no había peces. Estaban pasando cosas extrañas. En algunas zonas de Lizandria, había dejado de llover. En el bosque encantado de Arsavi, algunos árboles empezaron a enfermarse y en el gran bosque Zalera, a orillas del río, dejaron de crecer los hongos con los que se alimentaban los Codikas. Las fuentes de agua, que abundaban en Ciudad Tisimor, donde vivían los elfos, se estaban secando. Las famosas fuentes de la vida inmortal de los elfos también necesitaban agua.

De pronto, Yuna, la bruja del elemento Tierra, Nie, el mago del elemento Aire, y Gasba, el mago del elemento Fuego, empezaron a recibir mensajes, visitas de otras criaturas informando sobre lo que estaba pasando en sus ciudades o aldeas.

El sagrado Lettú envió a dos de sus árboles para darle aviso a Yuna, la bruja del elemento Tierra, de la gran epidemia que había en el gran bosque encantado de Arsavi. El sagrado Lettú abrió sus ramas como manos y, entre varias hojas en el viento, en forma de remolino, rodearon a los árboles, convirtiéndolos en dos criaturas hechas de árbol, andantes, altísimos.

—Vayan al bosque Zalera y avisen a Yuna, la bruja del elemento Tierra, y a Yala, la bruja del elemento Agua,

sobre lo que está pasando aquí —dijo, con gran esfuerzo, el sagrado Lettú.

—¡Así lo haremos, sagrado Lettú! —contestó uno de los árboles

Estos árboles caminaban muy lento, sus piernas de madera estaban muy pesadas, pero ya iban hacia el bosque Zalera.

Mientras, en el bosque Zalera, Nona, la Expresiva, corrió con Yuna, la bruja del elemento Tierra.

—¡Yuna, tienes que venir a ver esto! —exclamó la Codika.

—¿Qué pasó, Nona? —cuestionó extrañada Yuna, la bruja del elemento Tierra.

Nona, la Expresiva, tomó de la mano a Yuna, la bruja del elemento Tierra, y la llevó hacia la orilla del río Asabi, donde le mostró la gran escasez de los hongos, y a los Codikas, que observaban todo, muy asustados. ¡No había casi nada de hongos, la comida de los Codikas!

—Esto no es normal, ¡algo está pasando! —exclamó Yuna, la bruja del elemento Tierra.

—Es lo mismo que dice Tagudra, la Equilibrada. Ella percibe algo en la energía de Lizandria —mencionó Nona, con preocupación.

—Entiendo, Nona —expresó Yuna, la bruja del elemento Tierra—. Llamaré a los demás elementos.

Yuna, la bruja del elemento Tierra, llamó a los demás elementos en ese momento. Se agachó, tomó un puñado

de tierra y se lo puso en la muñeca donde tenía el símbolo de la tierra e hizo el conjuro.

—*Zaleratuna netienoc Zaleratuna* —dijo Yuna, la bruja del elemento Tierra—. *Zaleratuna netienoc Zaleratuna* —repitió.

Después de un rato, llegaron Gasba, el mago del elemento Fuego, y Nie, el mago del elemento Aire. Estaban ahí, los dos junto a Yuna, la bruja del elemento Tierra, cerca de su cabaña.

—Me temo que algo ha pasado con Yala, la bruja del elemento Agua —dijo Yuna, la bruja del elemento Tierra, preocupada—. Siempre es la primera en llegar, nunca ha faltado a ninguna llamada de auxilio.

—Pero... ¿qué le pudo haber pasado? —preguntó Gasba, el mago del elemento Fuego—. Sus poderes son fuertes, siempre esta al pendiente de todo.

—Todo hace sentido —dijo Nie, el mago del elemento Aire—. ¡Definitivamente, algo le sucedio! Todos los cambios que están pasando en Lizandria son debido al agua.

—¡Tenemos que hacer algo, tenemos que buscarla y encontrarla lo más pronto posible! —dijo Gasba, el mago del elemento Fuego—. Todos nosotros somos esenciales para la sobrevivencia de Lizandria. Es un gran peligro la desaparición de Yala, la bruja del elemento Agua.

—Lo sé —dijo Yuna, la bruja del elemento Tierra, llorosa—.

Yala es muy fuerte, incluso un poco más que nosotros; siempre está evolucionando. Espero en estos momentos

se encuentre bien, ¡no quiero pensar lo peor!

—¿A qué te refieres con lo peor, Yuna? —preguntó Nie, el mago del elemento Aire, bastante preocupado.

—Por lo que me acaban de contar, varias criaturas de Lizandria están sufriendo grandes cambios con relación al agua —manifestó Yuna, la bruja del elemento Tierra.

—¿Qué haremos? —preguntó Gasba, el mago del elemento Fuego.

—Los hongos mágicos que comen los Codikas están desapareciendo. Eso indica que nuestro mundo está muriendo lentamente, y eso es muy grave —dijo Yuna, la bruja del elemento Tierra —No se qué haremos, Gasba.

—¿Creen que deba saberlo Zaphirah? —preguntó Gasba, el mago del elemento Fuego.

—Creo que aún no —respondió Nie, el mago del elemento Aire.

—A estas alturas, Zaphirah es más intuitiva que nosotros, percibe más que otras criaturas. Ella tiene habilidades no vistas antes en los Sehu, no tardará en darse cuenta —aseveró Yuna, la bruja del elemento Tierra—. Dejemos que por sí sola actúe, será parte de su crecimiento en Lizandria.

—Entonces, ¿qué hacemos? —interrogó Nie, el mago del elemento Aire.

—Yo creo que Zaphirah debe quedarse en Mosamindria. No olviden que carga con el amuleto de Sarudien —dijo Gasba, el mago del elemento Fuego—. Tenemos que ver

la forma de buscar a Yala, la bruja del elemento Agua en toda Lizandria sin Zaphirah, aún no es tiempo de ponerla en peligro —sumó Gasba.

—¡Yuna! —exclamó Nie, el mago del elemento Aire—. Gasba tiene razón, no podemos involucrar a Zaphirah, no podemos arriesgarnos sin saber qué está pasando con Yala, la bruja del elemento Agua.

En ese momento, llegaron los diez Codikas a la cabaña de Yuna. Su rostro reflejaba angustia y desesperación.

—¿Qué pasa, Mudato? —preguntó Yuna, la bruja del elemento Tierra.

En eso, dos criaturas gigantes hechas de árbol se acercaron, su cabello era de hojas de árbol, las ramas salían por sus orejas, sus manos eran troncos y sus pies eran raíces entre tronquillos y tierra.

—Venimos a buscar a Yuna, la bruja del elemento Tierra, o a Yala, la bruja del elemento Agua. Yo soy Zasús, y él es Zolús.

—¡Desde hace años no veía a criaturas como ustedes fuera del bosque encantado de Arsavi! —exclamó Yuna, la bruja del elemento Tierra.

—Así es, vivimos en el bosque encantado y todos los árboles, incluyendo al sagrado Lettú, estamos en gran peligro —dijo Zasús.

—¿Qué pasa, Zasús? —preguntó Yuna, la bruja del elemento Tierra—. ¿Qué pasa con el sagrado Lettú?

—Creemos que hay una epidemia, ya que la mayoría de los árboles están débiles, sin fuerzas. Unos se están secando, los ríos ya casi no tienen agua y no entendemos por qué esta pasando esto —contestó Zasús, el árbol gigante.

—¡El oxígeno! ¡Les está faltando oxígeno puro! —exclamó Nie.

—Esto es más grave de lo que pensaba —dijo Yuna, la bruja del elemento Tierra—. ¡Tenemos que irnos lo más pronto posible a Ciudad Tizara y reunir a toda la Alianza! —agregó.

—Señora, la vegetación en el bosque encantado de Arsavi se está deteriorando, esto ha pasado en tan solo unas semanas —dijo Zasús—. El sagrado Lettú pierde su energía y su magia cada día; nosotros no podemos esperar más, ¡necesitamos ayuda! El sagrado Lettú mencionó también que habláramos con Yala, la bruja del elemento Agua, ya que ella era la indicada para darnos respuestas.

—Yala, la bruja del elemento Agua, está desaparecida. Ahora estamos seguros de que algo le pasó y, como pilar de Lizandria, ha dejado de hacer lo que le corresponde —dijo Yuna, la bruja del elemento Tierra, apesumbrada.

—Ahora entiendo —expresó Zasús.

—¡Por eso están pasando estas desgracias! Estamos prácticamente sin el pilar que genera vida en toda Lizandria; en todo nuestro mundo hay agua, todos somos una cadena de vida, pero, sin Yala, la bruja del elemento Agua, se rompe esa cadena —dijo Yuna, la bruja del elemento Tierra, ante todos los Codikas, los árboles parlantes y demás elementos.

—No generamos agua, pero somos un canal de vida. Entre los diez Codikas otorgamos fuerza a la vida ya existente, hacemos conexiones espirituales, habilitamos criaturas para repararlas —agregó Aridú.

—Así es, Yuna. Nosotros podemos generar un enorme canal de energía entre todos los Codikas, y estamos exactamente en el centro, en el corazón de Lizandria, donde necesitamos estar para iniciarlo —dijo Teana, la Preventiva—. Así, ustedes tendrán el tiempo necesario para encontrar, lo más pronto posible, a Yala.

—No solucionaremos el problema por la falta de agua — dijo Zamise, la Compasiva—. Solo haremos más lenta la agonía de las criaturas de Lizandria por la escasez de agua.

—Elementos, ¡tienen que darse prisa! —dijo Zajú, el Justo—. A nosotros también nos afecta el que Yala no esté, comemos nuestros hongos mágicos que nos nutren y habilitan de energía, pero habrá un momento en que se nos acaben, porque ya no están creciendo a orillas del río Asabi, y ahí sí que ¡El Creador de los Cielos nos proteja!

—¡Tienen que irse ya! —los apuró Nona, la Expresiva, entre lágrimas—. Nosotros empezaremos el gran canal de energía para todas las criaturas de Lizandria.

—Está bien, y gracias —dijo Yuna, la bruja del elemento Tierra—. Sé que ustedes están arriesgando su existencia por ayudar a Lizandria.

—¡En nombre de los elementos, incluyendo a Yala donde sea que esté, les agradecemos lo que van a hacer y nosotros la buscaremos hasta encontrarla! —exclamó Nie, el mago del elemento Aire, con esperanza.

Por otro lado, en Mosamindria, llegada la noche, estaba Zaphirah en su dormitorio terminando una tarea cuando, de pronto, sintió un hueco enorme en su pecho. Se tocó el amuleto de Sarudien con la mano izquierda y tuvo un muy mal presentimiento, ¡algo estaba sucediendo! Por intuición, se levantó del escritorio y salió del dormitorio a toda prisa, caminó cada vez más rápido y se metió por una esquina cerca de la biblioteca prohibida. Siguió después por unas escaleras angostas y subió a toda prisa, hasta terminar en lo alto del castillo hacia el este, donde corrió hacia la orilla de aquel patio de piedra y se quedó en total silencio. Con su mano izquierda, volvió a tocar su amuleto y este soltó un pequeño brillo en la oscuridad total de la noche. Zaphirah sintió el viento y escuchó el sonido del mar. ¡Algo estaba pasando! El océano estaba intranquilo, entonces se dio la vuelta y se subió a Nubidi, la Gran Águila Blanca.

—¡Vamos, Nubidi! —exclamó Zaphirah—. ¡A volar!

El Gran Águila Blanca alzó el vuelo. Se alejaron de Mosamindria y se acercó a la isla Bellmar, pero todo estaba en silencio. Se dirigió a la isla Barposos y también, todo un gran misterio. Se fue un poco más allá, hacia el sur y, desde el cielo, observó un mar con grandes olas golpeándose entre ellas; ¡había demasiado movimiento en el mar!

Zaphirah percibió que algo se avecinaba, pero no imaginaba qué era.

—¡Nubidi, regresemos a Mosamindria! —gritó Zaphirah en el medio de la noche—. ¡Algo está pasando!

El Gran Águila Blanca voló de regreso a Mosamindria. En cuanto llegaron, Zaphirah bajó rápidamente a su dormitorio. Si algún maestro se daba cuenta, sería severamente castigada. Se hizo invisible, hasta que llegó a su dormitorio y, al abrir la puerta, sus compañeras, las dos ninfas, estaban despiertas.

—¿Dónde estabas, Zaphirah? —preguntó Ypalop.

—Salí a tomar un poco de aire —contestó Zaphirah—. ¿Ustedes qué hacen despiertas?

—Estamos muy inquietas, ¡algo está pasando en Lizandria! —respondió agitada Azalop.

Zaphirah se quedó callada, se fue a su cama y se quedó dormida.

Al día siguiente, las clases eran normales. Todos los alumnos se veían normales, pero algunos maestros actuaban de manera extraña. Zaphirah podía detectar y percibir en los demás lo que ellos evitaban mostrar; esa era una de sus habilidades innatas. Vio que en el pasillo

principal iba pasando Nilme, el mago de la sabiduría, iba agitado, caminando rápido hacia la bilbioteca prohibida.

—¡Mago! ¿Cómo está? —cuestionó Zaphirah.

—Bien, niña, ¡tengo prisa, siga en sus clases! —contestó Nilme, el mago de la sabiduría.

—Algo pasa, ¿verdad? —preguntó Zaphirah, con un gesto de preocupación.

—No —contestó Nilme, el mago de la sabiduría—. ¿Por qué tienes vendada esa mano, Zaphirah? —le interrogó Nilme, señalando su mano.

—Hoy en la mañana me empezó a doler mucho —expresó Zaphirah, tocándose la mano—. Creo que me torcí sin darme cuenta —agregó Zaphirah.

—Déjame ver —dijo Nilme, el mago de la sabiduría. Le quitó la venda de la mano izquierda y vio la marca que Zaphirah tenía en su mano, que estaba poniéndose rojiza y la volvió a vendar.

—Espero que pronto se quite tu dolor. Ahora, vete a tus clases —agregó Nilme.

—Está bien, Mago —respondió Zaphirah.

Zaphirah se dirigía a la clase de música, cuando escuchó que alguien la llamaba. Voltéo rápido y vio a Sojalet, que estaba medio escondido, entre unas esculturas.

—¡Hola, Zaphirah! —saludó Sojalet—. ¿Has escuchado algo sobre Lizandria?

—No —contestó Zaphirah—. ¿Tú sabes algo? —preguntó.

—Solo rumores, pero no quiero espantarte—dijo Sojalet—.

Me vine a despedir de ti.

—¿Te vas de Mosamindria? —preguntó Zaphirah, asombrada.

—Sí —respondió Sojalet—. Quiero saber si mi hermana y mi madre están bien, en Ciudad Alemo y, si es así, iniciaré un viaje por Lizandria, esto no es para mí.

—Sojalet, ¡que te vaya muy bien! —declaró Zaphirah, apesumbrada.

—Gracias, Zaphirah, no cambies nunca. Soy mayor que tú, he vivido mucho y sé que tú eres buena —dijo Sojalet—. Ser amigos fue lo mejor que me pasó aquí. Ten esta caja, era mía y contiene un poema que conseguí cuando tenía tu edad —agregó Sojalet.

—Gracias, Sojalet —dijo Zaphirah, y le dio un abrazo a Sojalet.

—Te irá muy bien, valora la vida. Tal vez algún día nos volvamos a ver. ¡Haré lo que más me gusta, viajar por toda Lizandria! —dijo Sojalet y se fue.

Zaphirah vio ese día cómo se alejaba una criatura que le enseñó mucho sobre el valor de la vida, una criatura que luchaba por conseguir su sueño. Corrió hacia su dormitorio, abrió la caja que le había dado Sojalet y leyó el escrito:

A las criaturas, cuando pasamos por la etapa joven, todo se nos hace fácil; imaginamos que todo es fácil, no valoramos a todas esas criaturas que nos aman y han estado con nosotros desde que nacemos. Somos de pensamiento ligero, no vemos a través del alma, necesitamos sacudidas para valorar la vida y todo lo que hay en ella.

Escrito por una criatura casi muerta.

Cuando Zaphirah leyó aquel escrito, lloró y se sintió halagada de haber conocido a una criatura que le enseñó a valorar la vida. En la caja también venía una rosa roja, recién cortada, con un mensaje:

Zaphirah, nunca será tarde para ningún sueño.

Sojalet.

«Lo sé, Sojalet», dijo Zaphirah en su pensamiento, y cerró aquella caja con mucho cuidado.

En ese momento sacó el arco que le habían regalado, el morral negro donde tenía la pluma de Nubidi, la hoja del sagrado Lettú y el amuleto de su madre. Se tocó su propio amuleto y pensó que debía hacer algo, por lo que se dirigió hacia la cafetería, en donde podía encontrar a las dos ninfas y a su amiga Lynab, el hada del norte. Las hadas del norte eran similares a los Sehu, tenían alas con la forma de una hoja de árbol, sus ojos eran pequeños, sus facciones muy delicadas. El color de un hada del norte era naranja tenue, suave; tanto sus manos como sus pies estaban adornadas con pequeños tronquillos, en su cabeza traía un adorno hecho con flores y corteza de árbol y, por donde ellas caminaban, dejaban un polvillo naranja. No era mágico, pero seguro era la huella de un hada del norte. Su única habilidad era poder abrir

puertas. Su mano derecha se adaptaba a las cerraduras de puertas pequeñas o grandes y podían esconderse entre árboles y flores, donde no eran fáciles de detectar. Ellas vivían hacia el noroeste del bosque Arsavi, en un lugar llamado el bosque Vetarandas, donde caen las hojas color naranja durante las cuatro estaciones del año en Lizandria. Un bosque donde habitan una inmensidad de insectos de tamaño igual a los de la Tierra. Mariposas de todos los colores, libélulas, abejas, catarinas, hormigas, luciérnagas, orugas... las casas de las hadas del norte estaban costruídas dentro de los troncos, por lo que todo en bosque Vetarandas parecía normal. Los árboles eran muy anchos y no se veían puertas, pero cada hada, con su mano, podía abrir su casa y la mayoría de los árboles tenían hojas de color naranja. Todo el año parecía entre primavera y otoño y, cerca de ahí, estaban las montañas altas de Camascú, donde todo era nieve y vientos fuertes.

Mientras tanto, en la isla del Anillo de la Esperanza, en el interior de la gran e imponente montaña Isnipe, estaban escondidos los piratas y las sirenas que tenían secuestrada a Yala, la bruja del elemento Agua. La bruja estaba dentro de una jaula en la parte más oscura de aquella cueva, donde una de las sirenas se acercaba para darle de comer. Pasaron los días y la misma sirena le llevaba la comida siempre.

—¡Ayúdame a escapar! —habló de pronto Yala, la bruja del elemento Agua, con gran angustia.

—No puedo hacer eso —respondió la sirena, con mucho miedo.

—Queda poco tiempo, necesito ayuda —le suplicó Yala, la bruja del elemento Agua—. Lizandria está muriendo con todo y sus criaturas, y tú eres parte de Lizandria.

—No la entiendo, señora —contestó la sirena, quedamente.

—Mírate, eres una criatura joven, tienes la vida por delante. Hay tantas criaturas como tú en toda Lizandria, y, si no recupero mis poderes, todo nuestro mundo corre peligro —le explicó Yala.

—¿De qué habla, señora? —interrogó la sirena—. A mí solo me pidieron alimentarla —agregó.

—¿Crees que es correcto tenerme aquí, encerrada? —preguntó Yala, la bruja del elemento Agua—. ¿A qué le tienes tanto miedo?

—A Osoros —contestó la sirena—. Solo vivíamos sirenas en esta isla y el llegó con sirenas de otra isla, del otro lado de Lizandria y ahora nos dan órdenes y nos maltrata.

—Te entiendo —dijo Yala, la bruja del elemento Agua.

—No se quién eres tú —expuso la sirena.

—¿Cómo te llamas? —preguntó Yala, la bruja del elemento Agua.

—¡Tengo que irme, si notan que he demorado mucho, enviarán a otra! Me llamo Zarenap, señora, lo siento —dijo la sirena asustada y se dio la vuelta, para salir de ahí.

—Zarenap, ¡eres mi única esperanza! —gritó Yala, la bruja del elemento Agua, y se dejó caer al suelo y se puso a llorar, sin lágrimas.

La sirena se alejó tristemente y salió de la cueva, donde piratas y otras sirenas estaban custodiando la entrada. Había dos clases de sirenas: las que venían de la isla Bellmar, cerca de Mosamindria, y las que vivían ahí, en los

alrededores de la isla del Anillo de la Esperanza. Zarenap caminó hacia las otras sirenas de esa isla. Las tenían vigiladas y Osoros, el pirata, les pedía unirse a ellos.

—No sabíamos que existía esta isla —dijo Osoros el pirata de isla Barposos.

—¿Cómo dio con nosotras? —preguntó Zarenap.

—Ecalec nos dijo —contestó Osoros, el pirata—. Ustedes pueden viajar con nosotros, unirse a nosotros. Navegamos por todos los mares de Lizandria.

—¿Quién es la señora que tienen en la jaula? —preguntó, inocentemente, Zarenap.

—¡Tú no te metas en eso! —contestó duramente Marbe, sirena proveniente de isla Bellmar.

—¡Esta es nuestra isla, tenemos derecho de saber quién es esa señora! Señor Osoros, algo está pasando en Lizandria, nuestras cascadas se han secado y ¿porque hay tanta seguridad? —agregó Zarenap, inquieta.

—¡Tienes prohibido acercarte a la bruja! —respondió Marbe, la sirena de isla Bellmar—. Sanbeza se encargará de su comida a partir de ahora.

—¡No me gustan las rebeldes, y tú eres una! —gritó Osoros, el pirata de isla Basposos—. Vigílala como a las demás —agregó Osoros.

—¿Por qué? ¡Ustedes son los intrusos en nuestra isla! —agregó Zarenap.

Cuando Osoros, el pirata de isla Barposos, dio la orden,

Sanbeza, una sirena de isla Bellmar, se acercó a Zarenap para llevarla con las demás sirenas de la isla del Anillo de la Esperanza. La habilidad de Zarenap y las demás sirenas de esa isla era ver directamente a los ojos de cualquier criatura hasta lograr hipnotizarla para darle órdenes, y así lo hizo con Sanbeza, la nueva sirena asignada para dar de comer a Yala, la bruja del elemento Agua. Zarenap logró hipnotizar a Sanbeza y así escapar. Cuando Osoros, el pirata de isla Barposos, descubrió su habilidad mágica, ordenó vendarles los ojos a todas las sirenas de aquella isla. La habilidad de aquellas sirenas era nueva para Marbe, líder de las sirenas de isla Bellmar, ya que ellas hipnotizaban, pero con el canto de sus canciones tristes. Llegada la noche, por un arroyo dentro de la cueva, Zarenap logró llegar hasta donde estaba Yala, la bruja del elemento Agua e intentó abrir la jaula, pero no tuvo éxito.

—¡No puedo ayudarla! —dijo, frustrada, Zarenap, la sirena—. Está cerrada muy bien, Pero ahora que he escapado, tengo que irme y ver la forma de ayudar a mis compañeras —agregó Zarenap.

—Necesito tu ayuda, Zarenap —dijo Yala, la bruja del elemento Agua—. Tienes que ir hacia Mosamindria, queda hacia el suroeste. En una isla llamada Nemidú, entre la isla Bellmar e isla Barposos.

—¡Pero de ahí es de donde vienen todos ellos! —contestó Zarenap.

—Mosamindria es un castillo enorme, y las criaturas que viven ahí son buenas. No tengas miedo —explicó Yala.

—Está del otro lado de Lizandria, está muy lejos —contestó Zarenap—. ¡Nosotras nunca hemos salido de esta isla!

—¡Escucha, criatura! ¡Soy Yala, la bruja del elemento Agua, y ellos me quitaron mis poderes! Soy uno de los pilares de Lizandria —la interrumpió enfáticamente Yala.

—No entiendo, señora —contestó Zarenap, con ojos de miedo.

—Si no nos damos prisa, será demasiado tarde. ¡Cuando el agua se termine, moriremos todos! —dijo Yala, con angustia.

—¿Es posible eso, señora? —cuestionó la sirena, asustada.

—Sí. No tengo mis poderes y yo me encargo de que el agua fluya y haga su trabajo en este mundo, Zarenap, por eso estoy tan angustiada —contestó Yala, la bruja del elemento Agua.

—Tiene razón, señora Yala —dijo Zarenap, haciendo una inclinación de cabeza—. ¡Dígame cómo puedo ayudarla antes de que alguien se pueda dar cuenta! Me he rebelado ante las órdenes de Osoros, el pirata de isla Barposos y ahora me están buscando por toda la isla.

—Cuando logres llegar a Mosamindria, busca a Zaphirah. Ella es una Sehu de Ciudad Alemo, una adolescente de noventa años-lizandria y dile esto —y procedió a decirle unas palabras en el oído a la sirena—. Y, para que ella confíe en ti, dale mi anillo, ¡ten! —le dijo Yala. Era un anillo enorme con una piedra en forma de tortuga.

—¿Cómo sabré donde está Mosamindria, Yala? —preguntó Zarenap, la sirena.

—Hija, nada hacia el suroeste. La energía de mi anillo te protegerá de toda maldad en las profundas aguas del océano. Nada sin parar y, en el momento indicado, reco-

nocerás la isla donde se encuentra Mosamindria —explicó Yala, la bruja del elemento Agua, con gran paciencia.

—Tengo miedo de no encontrarla —dijo Zarenap, la sirena de la isla del Anillo de la Esperanza.

—Mosamindria es como un gran diamante en medio del océano, una construcción que jamás has visto, con diferentes formas; algo más que un castillo, custodiado por piedras gigantes alrededor de la isla Nemidú —agregó Yala, con esperanza.

—¡Haré todo lo posible para entregar este anillo a Zaphirah! —dijo Zarenap.

—¡Eres mi única esperanza! —exclamó Yala, la bruja del elemento Agua—. Ecalec cometió un gran error, no sabía en dónde se estaba metiendo, porque hasta él será perjudicado. ¡Nadie en Lizandria podrá salvarse sin agua! —agregó, desesperada, Yala.

—¡Escuché algo! —expresó Zarenap, la sirena, volteando rápidamente hacia la entrada.

—Viene alguien, ¡corre, Zarenap! —la apuró Yala, la bruja del elemento Agua.

—¡Adiós, señora Yala! ¡Resista, se le ve muy mal! —dijo Zarenap la sirena.

—Sin mis poderes, Zarenap, estoy muriendo lentamente y Lizandria también —dijo Yala, la bruja del elemento Agua—. ¡Gracias por todo lo que estás haciendo! —agregó Yala.

La sirena se fue por un pasadizo, se arrojó por el arroyo y

se fue. Yala, la bruja del elemento Agua, se quedó ahí en aquella jaula, en lo más profundo de la montaña Isnipe. Tenía frío, estaba angustiada, pero tenía esperanzas en el alma y pedía al Creador de los Cielos que Zarenap lograra su misión. Era de noche en la isla Isnipe, cuando todos los piratas y sirenas dormían. Zarenap, la sirena salió corriendo hacia el mar con el anillo colgado en el cuello. No se detuvo ni un segundo. Todo estaba oscuro, solo se alcanzaba a ver el camino gracias a la luz que destellaba la luna. Llegó a un acantilado, en el que había pequeñas rocas desde donde Zarenap se lanzó al agua, convirtiéndose en una sirena de coleta rosada y nadó hacia el sur, con una gran esperanza en su alma por querer ayudar a Yala y al mundo de Lizandria.

Mientras tanto, en Ciudad Tizara, Zamo, el rey de los Yaramín, reunió a toda la Alianza APPA; la desaparición de Yala, la bruja del elemento Agua, los tenía sumamente preocupados a todos. Nadie tenía noticias sobre ella. Los elementos sabían las consecuencias para Lizandria de no tener los ciclos completos de la naturaleza. La falta de agua afectaba, en todos los aspectos, a todas las criaturas de Lizandria, buenas o malas. Faltaría oxígeno, algo vital; todas eran criaturas vivas gracias a los pilares de Lizandria, los Cuatro Elementos, ayudados por la energía espiritual de los Codikas y la protección del Creador de los Cielos, todos tenían que poner de su parte para un mejor equilibrio en Lizandria. En Ciudad Tizara Yuna, la bruja del elemento Tierra, Nie, el mago del elemento Aire, y Gasba, el mago del elemento Fuego, intentaban hacer hechizos para poder localizar a Yala, la bruja del elemento Agua, pero todo era en vano. Desde la montaña más alta, donde se encontraba el portal mágico, se podía observar cómo un rayo de luz salía del centro del bosque Zalera y ahí, en Ciudad Tizara, toda la Alianza reunida recibía la explicación de Yuna, la bruja del elemento

Tierra, sobre el canal de energía que los Codikas estaban haciendo, el cual no duraría mucho tiempo. Cómo, por unas horas, ayudaría a los bosques, selvas, los lugares donde habitaban árboles, plantas y todo tipo de criaturas a estar en paz y no sentir el caos en sus almas por lo que pasaría si no encontraban a Yala, la bruja del elemento Agua. Ahí, en el gran salón de Ciudad Tizara, estaban ya todos los líderes de Lizandria, la alianza APPA.

—¿Qué fue del gran libro Aitifú? —preguntó Asrania, la reina de las ninfas de Mananri—. Mis ancestros lo entregaron a ustedes, los elementos —agregó Asrania.

—Todos sabemos que nuestro mundo tiene miles de años, que las criaturas más antiguas somos nosotros, los elementos, además de los Codikas —dijo Yuna, la bruja del elemento Agua.

—Sí, lo sabemos, Yuna —asintió Asrania, reina de las ninfas de bosque Mananri.

—Nosotros hemos visto cómo ha evolucionado Lizandria a través de los años y hemos sido testigos de tantos eventos —dijo Yuna, la bruja del elemento Tierra.

—Lo sabemos, Yuna —habló Asrania, reina de las ninfas de bosque Mananri.

—Hemos visto cómo han surgido cada una de las criaturas de Lizandria —continuó Yuna, la bruja del elemento Tierra—. A lo largo de estos miles de años, hemos tomado grandes decisiones para el bien y por el bien de Lizandria y, tres de esas decisiones fueron cuando tus ancestros, Asrania, nos entregaron el libro Aitifú; la segunda cuando los Codikas me entregaron el libro Harih Tuyedría y cuando dejamos la piedra de Sarudien en manos de los Elfos de Avillú —agregó Yuna.

—Así fue, Asrania —mencionó Nie, el mago del elemento Aire—. Nosotros decidimos llevar el libro Aitifú a Mosamindria bajo la custodia de Nilme, el mago de la sabiduría y Mahire, la bruja de las letras, porque ahí están todos los Eriotos que tus ancestros cuidaban —agregó Nie.

—¿Quiénes son los Eriotos? —preguntó Natenión, el rey de los Enanos de las montañas de Telnion.

—Son niños pequeños que nunca crecen, son sanos, puros y casi inmortales —contestó Asrania, la reina de las ninfas de Mananri—. Todos sabemos que existe el Creador de los Cielos, por Él todos estamos aquí. Todo está hecho bajo su mano, todo está conectado. Por miles de años, nuestros ancestros han dejado huellas y solo dependerá de nosotros, nuestro futuro —agregó Asrania.

—Hay conocimiento y sabiduría en las letras, en las palabras, son nuestros tesoros —dijo Gasba, el mago del elemento Fuego—. Es la única forma de pasar el mensaje de paz, amor, y esperanza a nuestras siguientes generaciones —agregó Gasba.

—Solo unos cuantos sabían de los Eriotos —formuló Yuna, la bruja del elemento Tierra—. Son parte esencial para la sobrevivencia de cada elemento, en caso de perder nuestros poderes mágicos —explicó Yuna.

—Son vida para los elementos, son su alma, su corazón —dijo Asrania, la reina de las ninfas de bosque Mananri.

—¿Están escondidos? —preguntó Sivolú, el rey de los Simios Parlantes de Selva Eteno.

—Sí —contestó Nie, el mago del elemento Aire—. Era lo mejor —agregó Nie.

—Hace miles de años, estaban bajo la protección de las ninfas de bosque Mananri, pero desde que Mosamindria inicio con sus enseñanzas, los llevaron ahí, para protegerlos y enseñarlos a valerse por sí mismos —dijo Yuna, la bruja del elemento Tierra.

—¿Ese libro nos puede ayudar a encontrar a Yala, la bruja del elemento Agua? —cuestionó Arlemú, rey de los elfos de Ciudad Tisimor.

—Lamentablemente no, Arlemú —dijo Asrania, la reina de las ninfas de Mananri—. Pero si la encuentran, puede salvarle la vida y regresarle sus poderes y, todo esto que está pasando, se arreglará y volverá a su normalidad —agregó Asrania.

—¿Por qué esconderlos? —preguntó Zamo el rey de Ciudad Tizara.

—Zamo, existe el bien y el mal, no podemos negar eso. No sabemos en qué momento pueda suceder algo —dijo Asrania, reina de las ninfas de bosque Mananri—. Hay bondad en el alma de las criaturas, pero también existe la maldad. Los Eriotos son parte de los elementos, son pilares para la vida en Lizandria e hicimos lo correcto, protegerlos y crear el libro Aitifú, porque quizá Lizandria se salve por ello; ahí están los hechizos y conjuros antiguos de cómo lograrlo —agregó Asrania.

—Necesitamos el libro Aitifú, a los dos Eriotos que pueden regresar los poderes de Yala, la bruja del elemento Agua y claro, encontrarla a ella también —dijo Nie, el mago del elemento Aire—. ¡Y lo más pronto posible! —adicionó Nie.

—El Bosque Winhebu está vivo, gracias a sus cascadas

alrededor —dijo Halú, reina de las hadas del sur. Ahora está devastado, teníamos nuestros alimentos en pequeños almacenes, pero se están acabando.

—Entonces, ¡no esperemos más tiempo! —exclamó Asrania, la reina de las ninfas de bosque Mananri—. Los tres elementos viajarán a Mosamindria por el libro y por los niños Eriotos. Tú, Zamo, quédate en Ciudad Tizara, el portal mágico debe estar siempre protegido por ustedes. Arlemú y yo viajaremos de vuelta a bosque Mananri, a encontrar alguna forma de ubicar a Yala, la bruja del elemento Agua. Los demás, busquen la forma de mantener la paz, y transmitir paciencia y esperanza a las criaturas de Lizandria.

La Alianza APPA estuvo de acuerdo, y salieron de inmediato cada uno con su misión y con la certeza de que, al trabajar juntos para el mismo objetivo, salvarían al mundo de Lizandria.

Mientras tanto, en ese mismo momento, en Mosamindria, Nilme, el mago de la sabiduría, reunió a todos los alumnos en la biblioteca del este y les hizo saber lo que estaba pasando en Lizandria, y les dijo que nadie podía salir de ahí. Estaba estrictamente prohibido salir de la isla Nemidú.

—Pero, mago, ¿qué va a pasar con Yala, la bruja del elemento Agua? —preguntó Zaphirah, conteniendo las lágrimas.

—La Alianza APPA ya está trabajando en ello, señorita —contestó Nilme, el mago de la sabiduría.

—¡Yo soy parte de la alianza, Mago! —dijo Zaphirah, de forma desafiante.

—¡Usted se queda aquí, por eso está aquí, para aprender!

—¿Qué vamos a hacer nosotros? —preguntó otra criatura.

—¡Todos ustedes quédense aquí, es una orden! —contestó Nilme, el mago de la sabiduría—. ¡No más preguntas, se suspenden las clases, cada uno váyase a su dormitorio! Los mantendremos informados.

—El nuevo grupo de criaturas que acaba de llegar, también deben respetar las reglas. ¡Nadie puede salir de Mosamindria! —dijo Mahire, la bruja de las letras.

—¡No podemos quedarnos aquí sin hacer nada! —exclamó Yasuj, el príncipe de los elfos de Avillú.

—Ustedes son el futuro del mañana, ustedes tienen en sus manos toda la sabiduría de Mosamindria para preservar nuestros ideales y valores —habló Nilme, el mago de la sabiduría—. Sean responsables, ¡es una orden!

Cuando Zaphirah identificó a las criaturas que habían llegado a Lizandria, se dio cuenta de que entre ellas estaba Yasuj, el príncipe de los elfos de Avillú; Ylud, princesa de Ciudad Tizara, y Toluk, príncipe de Ciudad Tizara. Ella se dirigió hacia ellos, los saludó con emoción y, en eso, se acercó su amiga, el hada del norte, y se la presentó a todos.

—Ella es Lynab, es un hada del norte, y es mi amiga —dijo Zaphirah.

—¡Hola, Lynab! Yo soy Yasuj, el príncipe de los elfos de Avillú, de Ciudad Tisimor; él es Toluk, príncipe de Ciudad Tizara, ella es Ylud, princesa de Ciudad Tizara y prometida de Toluk; él es Nosfú, príncipe de los enanos

de Telnión—dijo Yasuj, presentando a todos lo nuevos en Monsamindria al hada del norte.

—¿Tú eres el hijo de Natenion, el rey de los enanos de Telnión verdad? —preguntó Zaphirah, asombrada.

—Sí —contestó Nosfú, príncipe de los enanos de las montañas de Telnión.

—¡Son igualitos! —dijo Zaphirah—. ¿Por qué llegaron hasta hoy? —preguntó Zaphirah.

—Nuestros padres nos enviaron aquí, a Mosamindria, por todo lo que está pasando. Están muy preocupados —dijo Yasuj, príncipe de los elfos de Avillú.

—¡Debemos hacer algo! —exclamó Nosfú, príncipe de los enanos de Telnión—. ¡No podemos quedarnos sin hacer nada!

—¿Escuchaste al mago de la sabiduría? —preguntó Ylud, princesa de Ciudad Tizara.

—¿Qué saben de Yala? —cuestionó Zaphirah.

—Nada —contestó apesadumbrado Toluk, príncipe de Ciudad Tizara.

En eso, Siparlú, el príncipe de los simios parlantes los siguió hasta uno de los balcones del castillo, se acercó a ellos.

—¿La mayoría de ustedes sabe sobre la alianza APPA ¿verdad? —preguntó Siparlú, príncipe de los simios parlantes de Selva Eteno.

—Sí —contestó Yasuj, príncipe de los elfos de Avillú—. ¿Por qué?

—Soy Siparlú, hijo de Sivolú, el rey de los simios parlantes de Selva Eteno —contestó Siparlú—. Había visto a Zaphirah en Mosamindria, pero a ustedes no, hasta hoy.

—¿Por qué nos preguntas? —manifestó Nosfú, príncipe de los enanos de las montañas de Telnión.

—¡Tengo noticias de la Alianza APPA! —dijo Siparlú—. Mañana llegarán los elementos a Mosamindria.

—Pero, ¿para qué? —preguntó Ylud, princesa de Ciudad Tizara.

—¡Yo sé por qué vienen los elementos! Tengo un libro y lo he leído todo. Habla de la forma en que se les puede ayudar a los elementos si pierden sus poderes mágicos. Pero no sirve si no saben dónde está Yala, la bruja del elemento Agua —contestó Zaphirah, tristemente.

—¿Es el mismo que tomamos prestado de la biblioteca prohibida, Zaphirah? —interrogó Lynab, el hada del norte.

—Sí —contestó Zaphirah, princesa de Ciudad Alemo—. Es el mismo, el que habla de los Eriotos.

El gran castillo de Mosamindria era enorme. Si las criaturas que asistían a este lugar no tenían el mapa, se perdían entre toda esa arquitectura. Había niveles altos, bajos, tres torres, tres bibliotecas, pasillos, puentes... todo estaba construido en lo más alto de las montañas en el medio de la isla Nemidú, la cual estaba protegida por grandes rocas en las que colapsaban las olas del mar. Zaphirah y sus amigos se habían ido hacia un balcón del este, hablando sobre la desaparición de Yala, la bruja del

elemento Agua. Todos estaban preocupados viendo a todos lados, cuando de pronto Nosfú, el príncipe de los enanos de las montañas de Telnión vio algo en el agua... ¡Era una sirena que intentaba subir! Pero no podía, regresaba hacia el mar y regresaba hacia la isla Nemidú a gran velocidad sin lograr nada.

—¡Miren! —exclamó Nosfú el príncipe de los enanos de las montañas de Telnión, señalando hacia los peñascos—. ¡Creo que es una sirena que quiere subir hacia el castillo!

—¿Dónde, Nosfú? —preguntó Yasuj, el príncipe de los elfos de Avillú.

—Qué extraño —dijo Lynab—. Las sirenas de isla Bellmar nunca se acercan a Mosamindria, les temen a las rocas que custodian el castillo.

—Es claro que esa sirena quiere subir —dijo Zaphirah—. Está como frustrada por no poder hacerlo.

—¡Pero dicen que las sirenas de isla Bellmar son malas! —dijo Ylud, princesa de Ciudad Tizara.

—Trabajan con los piratas de isla Barposos —dijo Siparlú, príncipe de los simios parlantes de Selva Eteno—. Viajan por todos los mares de Lizandria.

—Ella no es mala, lo percibo. ¡Ella necesita ayuda! —exclamó Zaphirah.

—¿Estás segura, Zaphirah? —cuestionó Lynab.

—¡Sí!

Todas las criaturas que estudiaban en Mosamindria, o

eran enviadas ahí, llegaban junto a una criatura con alas, pues a Mosamindria se llegaba por aire. Uno de los requisitos obligatorios por Nilme, el mago de la sabiduría, era tener su propia criatura alada, con la que podrían viajar. Estas criaturas, todas distintas, tenían su lugar en la parte norte de Mosamindria.

—¿Qué hacemos? —preguntó Siparlú, príncipe de los simios parlantes de Selva Eteno.

Toluk sacó una pequeña roca, con la que hizo un silbido para llamar a Kutó, su pegaso macho. Ylud hizo lo mismo, llamando a Dú, su pegaso hembra, y los dos volaron hacia la sirena. Le dijeron que la ayudarían, que no temiera. Toluk le dio la mano y la sirena alzó su mano, la subió con él en su pegaso y regresaron volando hacia el balcón, donde estaban los demás. La sirena estaba asustada, cansada y, en cuanto llegaron, lo primero que dijo fue:

—Estoy buscando a Zaphirah Diterfisús, princesa de Ciudad Alemo —dijo, agotada, la sirena de isla del Anillo de la Esperanza—. ¿Alguno de ustedes la conoce?

Zaphirah avanzó y se puso enfrente de la sirena.

—Yo soy Zaphirah.

—La bruja dijo que tienes una media luna detrás de tu oreja derecha —dijo la sirena con desconfianza, haciéndose hacia atrás.

—¿Cuál bruja? —cuestionó Toluk, el príncipe de Ciudad Tizara.

—¡Yala, la bruja del elemento Agua! —respondió la

sirena de isla del Anillo de la Esperanza.

—¡Ella es Zaphirah! —aseveró Yasuj, el príncipe de los elfos de Avillú.

—Quiero ver la media luna detrás de tu oreja —repitió la sirena, asustada ante todas las criaturas.

—Está bien —dijo Zaphirah, mostrándole la oreja.

La sirena se quitó su collar con el anillo de Yala, la bruja del elemento Agua y se lo dio a Zaphirah.

—¡El anillo de Yala! —expresó Zaphirah con asombro—. ¿Dónde está ella?

—Soy Zarenap, una sirena que vive con otras sirenas en la isla del Anillo de la Esperanza muy lejos de aquí, hacia el este de Lizandria, más alla de Playa Sahubi.

—¿Cómo es que tú tienes este anillo? —preguntó Zaphirah.

—Yala fue atrapada por piratas y está encerrada en la montaña Isnipe, en mi isla —dijo Zarenap—. Le quitaron sus poderes y Yala me envió un mensaje para ti: «Mi querida niña, acudo a ti porque ya no hay tiempo de avisar a la Alianza. Lizandria muere poco a poco, me quitaron mis poderes y yo estoy muriendo y, si no los recupero lo más pronto posible, Lizandria dejará de existir. El agua se agotará, los ciclos han sido interrumpidos. ¡Date prisa! Habrá grandes obstáculos, pero yo sé que tú tienes la fortaleza para llegar a mí. Solo confía en ti misma y sigue sin parar, siendo fiel a ti. En Mosamindria hay un libro llamado el libro de Aitifú, tienes que traer a Hinojeg y a Oximi, son unos niños llamados los Eriotos, ellos son muy importantes y Zaphirah, cuídalos como a ti

misma, ¡date prisa! Zarenap te guiará hasta donde estoy cautiva y ten mucho cuidado, porque Ecalec está detrás de todo esto» —recitó de memoria Zarenap, la sirena, ahí enfrente de todas las criaturas adolescentes.

—¡Nosotros vamos contigo Zaphirah! —habló Toluk, el príncipe de Ciudad Tizara.

—¿Quiénes son los Eriotos? —preguntó Ylud, princesa de Ciudad Tizara.

—Debemos tener calma. ¡Por fin sabemos dónde está Yala, la bruja del elemento Agua! —exclamó Zaphirah, entre lágrimas—. Necesitaré ayuda ¡y mucha!

—¡Cuenta con nosotros! —mencionó Yasuj, el príncipe de los elfos de Avillú.

—¿Cómo lo haremos? —preguntó Lynab, el hada del norte—. ¡Tenemos prohibida la salida de Mosamindria!

—Pues ¡saldremos hoy mismo, en la noche, cuando todos estén dormidos! Iré por el libro y por los Eriotos. Lynab y Nosfú, ustedes se quedarán, y cuando el mago Nilme se de cuenta de nuestra ausencia, le dirán toda la verdad. Yo me llevaré a los niños en Nubidi. Tú, Siparlú, llevarás a Zarenap contigo. Toluk, Ylud y Yasuj me acompañarán también. Nos veremos aquí mismo, en cuanto llegue la noche —agregó Zaphirah, con valor.

—¡Así será, Zaphirah! —expuso Toluk, el príncipe de Ciudad Tizara.

Llegó la noche y Zaphirah fue por Hinogej y Oximi. Los niños no entendían nada, pero confiaban en Zaphirah y salieron sigilosamente. En las afueras se escuchaba el eco de unos pasos, Zaphirah los abrazó y todos se hicieron

invisibles. Era la profesora Tasha haciendo sus vueltas, vigilando que no hubiera alumnos por los pasillos. En cuanto quedó el camino despejado, Zaphirah y los niños siguieron hasta el balcón del este, donde todos se habían quedado de ver. Cuando Zaphirah llegó con los niños, ya todos estaban ahí listos, junto a sus criaturas aladas. El alce blanco llevaría a Yasuj, príncipe de los elfos de Avillú; los pegasos llevarían a Toluk y a Ylud, príncipes de Ciudad Tizara. Había un Tutecnac (los Tutecnac solo habitaban en la Selva Eteno). Era una criatura grande, con alas; parecía una pantera negra y gigante, con un antifaz plateado. Sus orejas eran largas, sus ojos color verde y traía una silla color plata; sus alas eran de colores oscuros entre grises, negro y plata. Ese Tutecnac llevaría a Siparlú, príncipe de los simios parlantes de Selva Eteno, junto a Zarenap la sirena que venía de isla del Anillo de la Esperanza y, en ese momento, en la oscuridad de la noche, se escuchó el grito agudo de Nubidi, la Gran Águila Blanca, que iba llegando y bajó ante ellos, cerca de Zaphirah. Cuando todos estaban listos para emprender el vuelo, Zarenap les dijo:

—Antes de partir, debo advertirles que cuando Osoros, el pirata, se dé cuenta de que salí de la isla, la vigilancia aumentará —dijo Zarenap, la sirena de la isla del Anillo de la Esperanza.

En ese momento, todos emprendieron el vuelo hacia el este de Lizandria. Todos iban siguiendo a Siparlú, el príncipe de los simios parlantes. Zarenap, la sirena, iba junto a él indicándole hacia dónde quedaba la isla del Anillo de la Esperanza. Los niños Eriotos se subieron junto a Zaphirah en el Gran Águila Blanca. Solo se quedaron en Mosamindria Lynab, el hada del norte, y Nosfú, el príncipe de los enanos de las montañas de Telnión.

—No teman, Nubidi es bueno, no les hará nada y nos protegerá en los cielos —dijo Zaphirah a los niños Eriotos.

Mientras tanto, en el bosque Zalera, el canal de energía que emitían los Codikas empezaba a debilitarse, pero ellos tenían fe, una gran fortaleza, y no se soltaban de las manos. Todos estaban en círculo, con sus manos agarradas, uno a uno, y del centro salía una luz que se expandía por los bosques y selvas de toda Lizandria. Los dos árboles mensajeros regresaron al bosque encantado de Arsavi y le dijeron al sagrado Lettú lo que estaba sucediendo.

—¡Acompañemos a nuestros amigos los Codikas, todos ustedes concéntrense para unir fuerzas con su canal de energía y no perdamos la esperanza! —dijo el sagrado Lettú a todos los árboles de bosque Arsavi.

Todos los árboles de bosque Arsavi cerraron los ojos cuando, de pronto, un gran viento arribó al bosque encantado. Las hojas de los árboles emitían sonidos y se escuchaba una leve y natural melodía, todos estaban trasmitiendo paz.

Al día siguiente, por la mañana, llegaron Yuna, la bruja del elemento Tierra, Gasba, el mago del elemento Fuego y Nie, el mago del elemento Aire, a la isla Nemidú. Iban a toda prisa por los pasillos de Mosamindria y se dirigieron hacia la biblioteca prohibida, junto a Nilme, el mago de la sabiduría, y Mahire, la bruja de las letras. Hablaron de todo lo que estaba sucediendo en toda Lizandria y de que estaban ahí por el libro ancestral Aitifú, el libro de los Eriotos.

—Sé de qué libro hablan —exclamó Mahire, la bruja de las letras—. Está aquí mismo, en esta biblioteca.

Mahire se fue al lugar exacto donde estaba guardado el libro ancestral y, para su sorpresa, ¡no estaba ahí! Pero vio residuos de polvo naranja, del que cae de las alas de una sola criatura en Lizandria: las hadas del norte.

—¡No está! —dijo Mahire, la bruja de las letras, con asombro—. Pero sospecho quién lo tiene.

—¿Estás segura Mahire? —manifestó Nilme, el mago de la sabiduría.

—Sí lo estoy, ha desaparecido de su lugar. —dijo Mahire la bruja de las Letras.

—¿Cómo es posible que no esté? —preguntó Yuna, la bruja del elemento Tierra—. ¡Es un libro ancestral! —agregó Yuna, muy preocupada.

Mahire, la bruja de las letras reunió a todas las hadas del norte de Mosamindria en un pequeño salón.

—¿Quién de ustedes sabe sobre el libro de los Eriotos? —preguntó Mahire, la bruja de las letras—. ¡Dé un paso al frente la responsable de la desaparición del libro! —ordenó.

—¡Yo fui! —contestó Lynab, el hada del norte, dando un paso al frente.

En ese momento, Mahire la tomó del brazo y la sacó de la biblioteca.

—Todas las demás, ¡pueden retirarse a sus dormitorios! —dijo Mahire, la bruja de las letras—. ¡Ahora! ¡No se queden ahí paradas!

—¡Tú vienes conmigo y me tienes que explicar dónde lo

tienes y por qué lo tomaste! —dijo Mahire, jalándola del brazo y caminando hacia la bilbioteca prohibida.

—¡Me está lastimando el brazo, profesora! —se quejó Lynab, el hada del norte.

Entraron a la biblioteca prohibida, en donde estaban Yuna, la bruja del elemento Tierra, Gasba, el mago del elemento Fuego, Nie, el mago del elemento Aire, y Nilme, el mago de la sabiduría.

—¡Ella lo tomó! —acusó Mahire, la bruja de las letras.

—¿Dónde está el libro, niña? —preguntó Nilme, el mago de la sabiduría, con voz enérgica—. ¡Esto no es un juego!

—Lo tiene Zaphirah —contestó quedamente Lynab, el hada del norte.

—¿Cómo? —preguntó Yuna, la bruja del elemento Tierra.

—Lo tiene Zaphirah. Lo tomamos prestado de la biblioteca mucho antes de saber dónde estaba Yala, la bruja del elemento Agua —contestó Lynab, asustada.

—¿Qué tiene que ver Zaphirah en esto? —preguntó Yuna, la bruja del elemento Tierra, acercándose al hada del norte—. ¿Qué saben ustedes de la desaparición de Yala?

—Zaphirah no tiene nada que ver con la desaparición de Yala, señora —contestó Lynab, el hada del norte—. Zaphirah sabía que ustedes vendrían y me dijo que les contara toda la verdad y ¡eso haré!

—¿De qué verdad hablas, niña? —preguntó Nilme, el mago de la sabiduría, muy sorprendido.

—Hace unas semanas, una noche, Zaphirah y yo venimos a la bilbioteca prohibida a buscar el libro que hablaba sobre los Eriotos y ese era el único libro que hablaba sobre ellos, por lo que lo tomamos prestado, con la intención de regresarlo —contestó Lynab, el hada del norte.

—¿Por qué Zaphirah estaría interesada en saber sobre los Eriotos? —preguntó Nie, el mago del elemento Aire.

—Zaphirah quería saber de ellos porque dos niños de los Eriotos eran sus amigos y quería saber más de ellos y por qué estaban escondidos en Mosamindria —contestó Lynab, el hada del norte, ya menos asustada.

—¡Pero los Eriotos están bajo protección, alejados de los alumnos de Mosamindria! —dijo Mahire, la bruja de las letras.

—De alguna forma, Zaphirah conoció a Oximi y a Hinogej —dijo Lynab, el hada del norte—. Casualmente, eran los dos niños que necesita Yala, la bruja del elemento Agua para recuperar sus poderes.

—¿Cómo sabes eso, niña? —preguntó Gasba, el mago del elemento Fuego.

—En este momento Zaphirah, junto a sus amigos, están por llegar a la isla del Anillo de la Esperanza y me dijo que si ustedes venían, dijera todo lo que pasó ayer —contestó Lynab, el hada del norte—. Ahí es donde tienen a Yala, la bruja del Elemento Agua.

—¿Por qué lo hizo? —cuestionó Nie, el Mago del Elemento Aire—. ¿Por qué no nos avisó a nosotros?

—Porque no había tiempo, Mago —contestó Lynab, el

Hada del Norte—. Yala, la Bruja del Elemento Agua, está muriendo. No tiene nungún poder, está en cautiverio y le envió un mensaje a Zaphirah, junto con un anillo que trajo una sirena llamada Zarenap de esa isla, que era quien la alimentaba.

Fue así como el Hada del Norte les contó todo a los elementos, a Nilme y a Mahire.

—¡Pobre Yala! —expuso Gasba con preocupación—. ¡No puedo imaginar todo lo que está viviendo!

—No podemos hacer nada con el sufrimiento y dolor que está viviendo —declaró Nie, el mago del elemento Aire—. ¡Tenemos que ver la forma de rescatarla!

—Elementos, ¡el daño está hecho! —expresó Yuna, la bruja del elemento Tierra, con gran tristeza y, a la vez, con una gran fortaleza—. Lo mismo que le ha pasado a Yala pudo habernos pasado a nosotros.

—Es verdad —dijo Nie, el mago del elemento Aire.

—¡Tenemos que actuar e ir a rescatarla antes de que sea demasiado tarde, para ella y para todos nosotros! —exclamó Yuna, con gran valor.

—¿En qué podemos ayudar nosotros, Yuna? —preguntó Nilme, el mago de la sabiduría.

—Nilme, usted quédese aquí con Mahire para proteger a todas las criaturas adolescentes, a todos los alumnos de Mosamindria —manifestó Yuna, la bruja del elemento Tierra—. Lynab irá con nosotros, ya que sabe todo — agregó Yuna.

—Que venga también Nosfú, Yuna —dijo Lynab—. Él estaba también presente ayer cuando llegó la sirena del mar.

—Sé a quién te refieres —mencionó Yuna, la bruja del elemento Tierra.

—¡Yo sé dónde está! Iré por él —agregó Mahire y salió apresuradamente.

—Solo le pido un favor, Nilme —dijo Yuna, la bruja del elemento Tierra—. Avise a toda la Alianza dónde se encuentra Yala, la bruja del elemento Agua, y que nosotros vamos hacia esa isla.

—Está bien, Yuna —contestó Nilme, el mago de la sabiduría—. ¡Lo haré en este momento!

En eso, en medio de la biblioteca central, también llamada por los alumnos la Biblioteca Prohibida de Lizandria, Nilme, el mago de la sabiduría, empezó a caminar hacia un cuarto de cristal que estaba detrás de todos los libreros y muebles. Era una parte retirada, muy oculta, donde había un libro blanco con letras doradas, símbolos e imágenes de las diferentes criaturas de Lizandria, y Nilme empezó a mover los dedos de sus manos en distintas formas. Seguía viendo las páginas de su libro y seguía moviendo sus dedos cuando, de repente, empezaron a salir letras de gran tamaño de distintos libros que estaban en aquel lugar. Salían como si el Mago las estuviese llamando, dentro de cada libro seleccionado. Todas esas letras, que se concentraron en frente de él, se unieron y se convirtieron en diferentes criaturas aladas de un tamaño diminuto, criaturas no vistas antes en Lizandria. Criaturas con aspecto animal, como si fueran un extraño tipo de dragón pequeño, con alas, de color dorado y todas

salieron por las ventanas de Mosamindria. Tres de esas criaturas solo daban vuelta por la biblioteca y todos los presentes las observaban, maravillados. Una llegó hacia donde se encontraba Nie, el mago del elemento Aire y se transformó en un hermoso pergamino dorado, que se abrió con el mensaje de Nilme, el mago de la sabiduría. Lo mismo hizo otra criatura, dirigiéndose con Gasba, el mago del elemento Fuego, y, la última criatura, se dirigió a Yuna, la bruja del elemento Tierra.

—Ese mensaje está dirigido a toda la Alianza APPA, así como llegó a ustedes, le llegará a cada uno de ellos —dijo Nilme, el mago de la sabiduría.

—¡Gracias, Nilme! —exclamó Yuna, la bruja del elemento Tierra.

En eso llegó Mahire, la bruja de las letras, con Nosfú, el príncipe de los enanos de las montañas de Telnión.

—Aquí está Nosfú —dijo Mahire, la bruja de las letras.

—Ahora tenemos que planear cómo llegaremos a la isla del Anillo de la Esperanza sin ser vistos —expuso Yuna, la bruja del elemento Tierra.

—Para mí será imposible. Puedo convertirme en dragón, pero eso, claramente, los alertará —declaró Gasba, el mago del elemento Fuego.

—Yo puedo llegar sin problema —dijo Nie, el mago del elemento Aire—. Pero solamente yo.

—No —dijo Yuna, la bruja del elemento Tierra—. ¡Debemos llegar todos juntos!

—¡Yo se cómo, Yuna! —dijo Mahire, la bruja de las letras—. Tengo la habilidad de hacerlos pequeños y pueden viajar en un águila de tamaño normal.

—¿Dónde has aprendido eso, Mahire? —preguntó Nilme, el mago de la sabiduría.

—No lo sé —contestó Mahire, la bruja de las letras—. Solo lo hago, y, además, estudio mucho, Mago Nilme.

—Yuna —dijo Nilme, el mago de la sabiduría—, no estamos seguros de que funcione, aún no identifico qué criatura es Mahire. La encontré muy pequeña por las colinas mágicas —agregó Nilme.

—A estas alturas, Mago Nilme, ¡nosotros correremos el riesgo! —expresó Yuna, la bruja del elemento Tierra—. Pero, estando en la isla, ¿cómo podemos recuperar nuestro tamaño? —preguntó Yuna, hablándole a Mahire.

—He crecido aquí, en Mosamindria, y lo he practicado en mí —dijo Mahire, la bruja de las letras—. Todo el conocimiento de Mosamindria me ha ayudado a conocerme a mí misma en profundidad y, como dice el Mago Nilme, yo tampoco sé qué criatura soy, pero el hechizo que haré es seguro —concluyó Mahire.

—Está bien, Mahire —dijo Yuna, la bruja del elemento Tierra—. Confiamos en ti.

Mahire se fue a una sección de la biblioteca prohibida donde había plantas, semillas, árboles pequeños y piedras de colores. Todas estaban dentro de recipientes de cristal, tomó todos los elementos y comenzó a hacer una pócima, en la que combinaba hojas, semillas y polvos de piedra. Al final, vertió toda la pócima en un

frasquito y explicó que, el que se hiciera pequeño, tenía que ponerse tres gotas en cada ojo y volvería a su tamaño normal, hizo la otra pócima y se las entregó.

—Nie, usted se convertirá en el águila que nos llevará —dijo Yuna, la bruja del elemento Tierra—. Gasba, Lynab, Nosfú y yo, nos pondremos las gotas para hacernos pequeños y nos llevarás a la isla del Anillo de la Esperanza.

—¿Quién se quedará con los frascos? —preguntó Mahire, la bruja de las letras.

—Yo —contestó Yuna, la bruja del elemento Tierra.

—Cuanto más rápido, mejor —comentó Gasba, el mago del elemento Fuego—. ¡Démonos prisa!

—Empiece usted, Mago Gasba —mencionó Mahire, la bruja de las letras—. Yuna será la última, ya que ella portará los frascos con las pociones.

Cada uno se puso las tres gotas en los ojos y se hicieron tan pequeños como la hoja de un árbol. Nie, el mago del elemento Aire, se convirtió en un águila negra. Todos se subieron al águila y emprendió el vuelo hacia una ventana, dejando ahí a Nilme, el mago de la sabiduría, y a Mahire, la bruja de las letras.

—¡Que el Creador de los Cielos los acompañe! —gritó Nilme, el mago de la sabiduría.

Mientras tanto, en el bosque Mananri, se encontraban Asrania y Arlemú, el rey de los Elfos de Ciudad Tisimor, que provenían de Ciudad Tizara. Asrania, la reina de las ninfas de Mananri, reunió a todas las ninfas. En el bosque Mananri había enormes árboles, altísimos que

no se lograba distinguir entre el cielo y lo verde de los árboles, y ellas vivían en casitas hechas de madera. El bosque quedaba cerca de la playa Mialifa, que daba a mar abierto. Por todo el bosque había unicornios, conejos, pájaros, mariposas y algunos de los árboles daban flores, todo blanco. Los ancestros de las ninfas, hace miles de años, protegían a los elementos, y se daban cuenta mucho antes de que algo pasara... pues las ninfas son las profetas de Lizandria. Analizaban todo, ya que sabían de la importancia de los cuatro pilares para ese mundo. Percibían todo a su alrededor. Una de sus mayores habilidades era la concentración mental: primero observaban y después, con su mente, podían ver más de cinco caminos para hacer las cosas, lo que les permitía predecir de forma natural lo que iba a suceder, flotaban en el aire y eran más veloces. Su principal misión era la de proteger a los niños Eriotos que, a su vez, protegían a los elementos. Eran las criaturas más unidas. Siempre se apoyaban unas a otras para el bien y por el bien de Lizandria. Las ninfas eran sabias, pacientes y con un nivel de meditación muy avanzado, el cual les permitía avanzar, seguir, acertar y decidir. Una ninfa podía ver mucho más allá del alma de una criatura, percibiendo su futuro con base en sus hechos. Una ninfa no tenía expresiones en el rostro cuando meditaba. Su mente trabajaba de una forma veloz, podían hacerlo en cualquier lugar de Lizandria. Las ninfas meditan, escuchan, observan y siguen viviendo; son expertas en la elaboración de flechas e instrumentos mágicos con poder.

Cuando Asrania reunió a todas las ninfas, les informó de la situación por la que estaba pasando Lizandria con la desaparición de Yala, la bruja del elemento Agua, y mandó llamar a las cinco princesas a cargo del bosque Mananri, las cinco hermanas que, al unir sus poderes, lograban profetizar con mayor certeza. Anilé, Imorfa,

Imanatia, Sevifa y Lenalí, las cinco princesas, se presentaron ante Asrania, la reina de las ninfas del bosque Mananri. Hicieron un círculo y, flotando, empezaron a hacer movimientos circulares. Sus manos apuntaban a los cuatro puntos cardinales y, del centro de sus mentes, salieron unos rayos blancos que, al unirse en el medio del círculo, abrieron un círculo donde Asrania y Arlemú vieron cómo Yala, la bruja del elemento Agua, fue atrapada por los piratas, vieron cómo llegó Ecalec al barco donde la tenían atrapada, la vieron en una jaula encerrada dentro de una cueva, vieron llegar a Zaphirah y... las imágenes desaparecieron.

—¿Qué pasa? —preguntó ansiosa Asrania, la reina de las ninfas.

—¡No podemos más! —contestó Anilé

—¿Por qué? —cuestionó Arlemú, el rey de los Elfos de Ciudad Tisimor.

—Algo está bloqueándolo todo —contestó Lenalí.

—¡Es él! —exclamó Asrania, la reina de las ninfas de bosque Mananri—. ¡Ecalec está detrás de todo esto!

—¡Pero necesitamos saber más! —dijo Arlemú—. Aún no sabemos dónde está Yala.

—Lo siento, reina. Hicimos todo lo que estaba en nuestras manos —agregó quedamente Sevifa.

En eso, del cielo llegaron las criaturas raras que había enviado Nilme, el mago de la sabiduría, y depositaron un pergamino dorado a los pies de Asrania, y otro a los pies de Arlemú y, cuando lo leyeron, Asrania sonrió.

—¿De qué se trata, mi reina? —preguntó Imorfa.

—Como ha dicho su profecía, princesas, Zaphirah llegará hasta donde se encuentra Yala, la bruja del elemento Agua — agregó Asrania.

—Pero ¿dónde se encuentra secuestrada Yala, la bruja del elemento Agua? —preguntó Imanatia.

—En la isla del Anillo de la Esperanza —contestó Arlemú, el rey de los elfos de Ciudad Tisimor.

—¡Que el Creador de los Cielos esté con Zaphirah! — exclamó Asrania, la reina de las ninfas del bosque Mananri, con esperanza.

En eso, llegaron otras ninfas, preocupadas por la escasez del agua en el bosque Mananri...

—Reina, ¡se están enfermando los unicornios y los animales están muy inquietos! —dijo apresuradamente una ninfa joven.

—Anilé y sus hermanas tratarán de ayudar a todos lo que habitan en el bosque —expresó Asrania, la reina de las ninfas de bosque Mananri.

—Está bien, mi reina —contestó la ninfa joven.

—¡Vayan! —declaró Asrania a las cinco hermanas—. Ustedes ya saben qué hacer, debemos tener paciencia. La calma, la vida, la paz y la esperanza pronto regresarán a toda Lizandria.

Nuevamente, las cinco hermanas hicieron un círculo, pero esta vez tenían los pies en la tierra. Sus manos estaban cerca de sus ombligos, sus cabezas estaban aga-

chadas y, de repente, salió una luz de en medio de sus frentes, los rayos penetraron la tierra y emergió una aura en todo el bosque de Mananri. Todos los animales se tranquilizaron, los unicornios empezaron a mejorar. Las ninfas del bosque Mananri empezaron a hacer sus actividades y se percibía la calma, aunque Asrania, la reina de las ninfas empezó a enfermar y la única que la podía curar era Yala, la bruja del elemento Agua.

Mientras tanto, Zaphirah y los demás estaban llegando a la isla del Anillo de la Esperanza. Los animales alados aterrizaron en un pequeño lugar plano y, en cuanto todos se bajaron, alzaron el vuelo de nuevo. Todos iban juntos y entraron a una selva, donde todo era enorme y abundante y, desde ahí, lograban ver la montaña Isnipe. Había muchos acantilados, ríos y tenían que caminar con cuidado. Todos iban protegiendo a los niños pequeños, que aún no entendían por qué estaban ahí, pero los Eriotos estaban maravillados, ya que nunca habían salido de Mosamindria. La isla era un lugar donde se sentía frío y daba miedo. A Oximi le daban pavor las arañas y, de pronto, vieron varias arañas gigantes, pero los Yaramín pudieron ahuyentarlas con su mente. A Hinogej le aterraban los escorpiones y, de pronto, apareció un escorpión gigante, y los príncipes de Ciudad Tizara no pudieron hacer nada con su mente, el escorpión no hacía caso, así que Yasuj, el príncipe de los elfos de Avillú, tiró de su arco junto con Zaphirah hasta matar al insecto gigante. A Ylud le aterraban las hormigas y, de pronto, aparecieron varias hormigas rojas gigantes. Los Yaramín lograron ahuyentarlas también, y fue cuando Zaphirah empezó a sospechar que era muy raro que aparecieran los animales que aterraban a cada uno. Zarenap dijo que eso no era normal, que los insectos y los animales de la isla no se metían con nadie. Zaphirah les pidió a todos no imaginar a los animales que les provocaban terror, porque aparecerían en el camino.

Siguieron avanzando por la selva y, de pronto, apareció una infinidad de abejas gigantes enojadas y Zaphirah puso su campo magnético, con el que protegió a todos, hasta que se fueron las abejas.

—Lo siento, Zaphirah. No lo pude evitar —agregó Siparlú, el Príncipe de los Simios Parlantes avergonzado.

—Pronto saldremos de la selva —dijo Zarenap—. Pasaremos por unas piedras gigantes.

—¿Es normal que el color de tu cabello cambie? —preguntó Zaphirah.

—Sí —contestó Zarenap—. Cuando estamos en peligro en la tierra, cambia el color de nuestro cabello —agregó Zarenap.

De pronto, Zaphirah pisó mal una piedra y cayó rodando a un pequeño barranco lleno de ramas, pero solo se hizo pequeños raspones.

—¡Estoy bien! —gritó Zaphirah, desde el fondo del barranco.

—¡Vamos por ti, Zaphirah! —gritó Yasuj, príncipe de los elfos de Avillú.

Zaphirah volteó para todos lados, esta era una isla muy rara; había rocas gigantes, altas, bajas, picadas, redondas, árboles, acantilados... No se escuchaban los sonidos de las aves y de todos los demás animales. No había criaturas más que los insectos que habían visto. Ahí vivían solo las sirenas, pero ellas vivían en las orillas de la isla, entre ríos y arroyos, porque todos desembocaban en el mar. En eso, Zaphirah escuchó gritos que cada vez se escuchaban más fuertes.

—¡Auxilio! ¡Auxilio! —exclamaban los gritos.

Zaphirah volteaba a todos lados, pero no veía nada, hasta que se acercó a un acantilado gigante un poco más allá de donde cayó, un barranco sin fondo, y vio a un adolescente, como de su edad, colgado de una rama. Zaphirah le dio la mano y lo rescató. Él subió al lugar en el que estaba ella y Zaphirah lo vio, pero no identificaba que criatura era...

—¡Gracias! —agradeció él, sumamente agitado.

—¿Cómo te llamas? —preguntó Zaphirah.

Mientras tanto, sus amigos le gritaban, entonces, Zaphirah contestó para que llegaran ahí pero, al voltear, el adolescente había desaparecido y todos llegaron ahí.

—¿Zaphirah, estás bien? —cuestionó Yasuj, príncipe de los elfos de Avillú, dándole un abrazo, muy asustado.

—¡Él estaba ahí! —señaló Zaphirah al sitio donde desapareció la criatura.

—¿Quién? —preguntó Toluk, el príncipe de Ciudad Tizara.

—¡Te golpeaste la cabeza y ahora estás delirando! —dijo Ylud, la princesa de Ciudad Tizara, burlándose de ella.

—No. Aquí no vive ninguna criatura — aseguró Zarenap, la sirena.

—¡Tenemos que darnos prisa! —dijo Siparlú, el príncipe de los simios parlantes de Selva Eteno.

Comenzaron a caminar y Zaphirah se dio la vuelta

hacia todos los lados, no veía nada pero percibía algo. Ella estaba segura de que había ayudado a alguien y ese alguien había desaparecido. Siguió su camino con los demás y les adviritió que pisaran con cuidado.

Había muchas piedras flojas. La criatura que había salvado salió de entre las ramas, vio hacia dónde se dirigían pero no se movió. Zaphirah y sus amigos se acercaban a la montaña Isnipe y se dieron cuenta de que había demasiada vigilancia, había piratas por todos lados. Cuando Zaphirah percibía que alguien se acercaba, ponía su campo magnético que los hacía invisibles, protegiendo así a todos; había logrado burlar a los piratas y a las sirenas de isla Bellmar. Estas se distinguían de las sirenas de esa isla por tener la cara pálida, su cabello largo, lacio, color rojizo. Llegó la noche y decidieron descansar cerca de un río grande que conectaba al mar y a otros ríos. Zarenap les dijo que faltaba poco para llegar al lugar donde se encontraba Yala, la bruja del elemento Agua, así que pararon cerca del río. Siparlú y Toluk se turnarían para cuidar y vigilar que nadie se acercara.

Entre sueños, Zaphirah escuchaba dulces y hermosos sonidos, enigmáticos. Todo estaba oscuro, solo se escuchaba un canto que hipnotizaba cualquier emoción.

«¡Zaphirah!», escuchó a lo lejos una voz. «¡Zaphirah despierta!», decía la dulce voz de su abuelita Edugel.

—¡Abuela! —dijo Zaphirah, sobresaltándose en sus sueños.

—Siempre estaré contigo, no te preocupes, hija —dijo dulcemente su abuelita—. ¡Ahora, despierta! Has escuchado el dulce sonido de las sirenas y si logran hipnotizarte en tus sueños, lo harán cuando despiertes.

—¡Ellos saben dónde estás, protege a esos niños! ¡Despierta hija! Eres fuerte, me siento muy orgullosa por lo que has logrado —dijo su abuelita Edugel.

Zaphirah está vez no lloró y abrazó a su abuelita con mucho amor.

—¡Los salvaré y cuidaré de los niños, abuelita! —contestó Zaphirah

—Adiós, mi niña, ¡despierta, que ya vienen! —la apuró su abuelita Edugel.

Zaphirah abrió los ojos, se incorporó rápidamente y corrió hacia los niños, les puso algodón en los oídos y ella también se puso, pero ya no le dio tiempo de avisar a los demás. Activó su campo magnético invisible alrededor de ella y los dos niños y, poco después, empezó de nuevo el canto de las sirenas, que hipnotizó a los demás. Los capturaron y se los llevaron. Yasuj, el príncipe de los elfos de Avillú, Siparlú, el príncipe de los simios parlantes de Selva Eteno, Toluk, el príncipe de Ciudad Tizara, e Ylud, princesa de Ciudad Tizara, iban amarrados de las manos y custodiados por los piratas. Zarenap, la sirena, había logrado escapar por el río. Oximi, la niña Erioto, lloraba porque veía todo a través del campo magnético mientras Zaphirah le hacía señas con la mano para que no hicieran ningún ruido. Los piratas se llevaron a sus amigos y se quedaron solos ahí, en medio de la noche. Su abuelita Edugel, la humana, la había salvado junto con los niños. Después de ver que se habían ido todos los piratas y sirenas, Zaphirah quitó su campo magnético.

—Esperen aquí —comentó Zaphirah.

—¡No, Zaphirah, no nos dejes aquí solos! —expresó, lloroso, el niño Erioto llamado Hinojeg.

—¡No nos dejes! —dijo Oximi, llorando y abrazando a Zaphirah.

—Está bien, vengan conmigo —manifestó Zaphirah, con seguridad—. Yo los cuidaré. No se preocupen, nada les pasará. Se lo prometo.

De pronto, escucharon un ruido y Zaphirah sacó su arco y se dispuso a disparar.

—¡Espera, soy yo! —gritó Zarenap—. Logré escapar una vez más, ya que a mí no me hace nada el sonido de las sirenas de isla Bellmar. Tuve que irme, no pude salvar a los demás. Todos estaban aquí, como si ya nos estuvieran esperando —agregó temerosa Zarenap, la sirena.

—¡Todo esto es muy raro! —dijo Zaphirah—. ¡Ellos saben! fue lo que me dijo mi abuelita.

—¿Quién? —preguntó Zarenap.

—Ellos saben que vamos por Yala, la bruja del elemento Agua —contestó Zaphirah.

—Falta poco, Zaphirah —expuso Zarenap—. ¿Quieres que sigamos? —preguntó la sirena de la isla del Anillo de la Esperanza.

—¡Sí! Yala necesita a estos dos niños —agregó Zaphirah.

—Cuando me escapé, vi demasiada vigilancia por la montaña Isnipe —habló Zarenap.

—Todo tiene sentido.

—¿A qué te refieres, Zaphirah?

—Por eso la atraparon, ¡ella no es el objetivo! —dijo Zaphirah—. Ni siquiera ellos sabían el impacto que ocasionarían en Lizandria.

—¿Qué pasa, Zaphirah? —preguntó el niño Erioto, con preocupación.

—Ella solo era el gancho. Todo fue muy bien planeado, ¡hasta tú eras parte del plan, Zarenap! —agregó Zaphirah, agitada.

—¿Cómo? —cuestionó Zarenap, sorprendida.

—¡Sí! —contestó Zaphirah—. Desde el momento en que te asignaron para darle de comer a Yala, la bruja del elemento Agua, y no a una sirena de isla Bellmar.

—¡No te entiendo nada, Zaphirah! Yo no sabía nada, yo solo quiero ayudar a mis compañeras y vivir en paz —dijo Zarenap, sumamente confundida.

—¡Todos hemos sido usados de diferentes formas! Nadie lo ve, pero ahora lo entiendo perfectamente. ¡Ellos me quieren a mí! Más bien, ¡quieren el amuleto de Sarudien! —dijo Zaphirah, tocando su amuleto.

Zaphirah se acercó a Zarenap y le mostró el amuleto de Sarudien. Tanto la sirena como los dos niños Eriotos, quedaron maravillados por las cinco piedras que había en el amuleto.

—¿Por qué? —preguntó Zarenap, la sirena.

—Porque él podría tener todo el poder que alguna vez tuvo, pero con malas intenciones. ¡Por eso nadie debe tenerlo! —exclamó Zaphirah.

—¿Quién? —interrogó Oximi.

—¡Ecalec, el mago oscuro de las montañas oscuras de Eldemor! —contestó Zaphirah.

—¿Qué vamos a hacer, Zaphirah? —preguntó la sirena, sumamente asustada.

—Yala está muriendo y los necesita a ellos dos —contestó Zaphirah—. ¡Gracias abuelita Edugel, donde quiera que te encuentres! —gritó Zaphirah hacia los cielos.

Los dos niños solo observaban a Zaphirah y al pequeño brillo que tenía su amuleto.

—Tenemos que planear cómo entraremos a esa montaña sin que nos vean —dijo Zaphirah—. Cuando estemos dentro, me ayudarás a rescatar a los demás; ellos nos ayudarán a entretener a los piratas mientras yo ayudo a Yala, la bruja del elemento Agua.

—Pero, Zaphirah, ¿sabes que quieren tu amuleto y aun así te arriesgarás? —preguntó Zarenap.

—Sin agua, no hay vida. El amuleto, para él, solo es poder. Para mí, es más importante la alianza, la vida y Lizandria —agregó, convencida, Zaphirah.

—Te entiendo y te admiro. Si logramos salir vivas, reuniré a todas las sirenas de esta, mi isla, y nos uniremos a su Alianza —dijo Zarenap, convencida.

—¡Sigamos nuestro camino! —apuró Zaphirah—. ¿Qué camino tomaremos?

—Los pensaba llevar por un camino, pero vi que está lleno de vigilancia —contestó Zarenap—. Hay otro

camino, pero tenemos que nadar en lo profundo del río Yonipe, hasta llegar a la montaña.

—¡Yo no sé nadar, Zaphirah! —dijo Hinojeg.

—¡Yo tampoco! —agregó Oximi, asustada.

—Ese es un gran problema. ¿Cómo podrás nadar con los niños en lo profundo del río? —preguntó Zarenap a Zaphirah.

—¡Sí, podemos! —contestó Zaphirah—. Puedo hacer una burbuja magnética, pero tú nos tienes que llevar debajo del agua —agregó Zaphirah.

—¡Es nuestra única esperanza! Hay una entrada por el río Yonipe, que pasa por esa montaña y, cerca de ahí, tienen a Yala, la bruja del elemento Agua —explicó Zarenap.

Zarenap, Zaphirah y los dos niños Eriotos, caminaron hasta llegar al río Yonipe.

—¿Están listos? —preguntó Zarenap, la sirena, tratando de sonreír valientemente.

—Zaphirah, ¡yo tengo mucho miedo! —dijo Oximi, la niña Erioto, con lágrimas en los ojos.

—¡Yo también tengo mucho miedo! —exclamó Hinojeg, el niño Erioto.

—¡Niños! Yala, la bruja del elemento Agua, nos necesita, principalmente a ustedes dos. Además, yo no los voy a dejar solos nunca. Haré una burbuja y ustedes me abrazarán fuertemente, porque me debilitaré por la energía que uso, ¡pero lo vamos a lograr! —dijo Zaphirah, con amor y mucha tranquilidad.

—Está bien, Zaphirah. ¡Confiamos en ti! —dijo el niño Erioto limpiándose las lágrimas y parándose derecho, valientemente.

Zaphirah, con sus dos manos, hizo una burbuja magnética con los niños dentro y Zarenap, que ya estaba en el agua, se había convertido en sirena. Zaphirah hizo un lazo magnético especial para que Zarenap lo enrollara en su brazo y así los pudiera llevar. La sirena se sumergió junto con la burbuja magnética y nadó hacia lo profundo del río, rumbo a la misma dirección de la corriente del río Yonipe.

Mientras tanto, los tres elementos, ya volaban sobre la isla del Anillo de la Esperanza.

—Esa montaña, la más alta, debe ser la montaña Isnipe, de la que hablaba la sirena —dijo Nosfú, el príncipe de los enanos de las montañas de Telnión.

Nie, el mago del elemento Aire, se dirigió hacia la montaña. Iba en forma de águila color negro y los demás iban de forma diminuta. Cuando se acercaron, se dieron cuenta de que los piratas llevaban a Yasuj, príncipe de los elfos de Avillú, Ylud, princesa de Ciudad Tizara, Toluk, príncipe de Ciudad Tizara, y Siparlú, príncipe de los simios parlantes de Selva Eteno, como prisioneros hacia la entrada de la montaña, pero no vieron a Zaphirah ni a los niños Eriotos.

—¡Los atraparon! —exclamó Gasba, el mago del elemento Fuego.

—No veo a los niños Eriotos ni a Zaphirah —dijo Lynab, el hada del norte.

—¡Tenemos que rescatarlos! —dijo Yuna, la bruja del

elemento Tierra—. Ahí, por esos árboles, no hay nadie. Bajemos para que nos pongamos las gotas que nos dio Mahire, la bruja de las letras —agregó Yuna.

—Está bien, Yuna —contestó Nie, el mago del elemento Aire—. ¡Sujétense todos!

Al pie de la montaña, se encontraba Osoros, el pirata y, en eso, llegó Ecalec, el mago oscuro de las montañas oscuras de Eldemor en forma de nube negra y se metió en uno de los piratas.

—Atrapamos a estos merodeando la isla, Señor —dijo Osoros, el pirata de isla Barposos.

—¿Dónde está Zaphirah? —preguntó Ecalec, con autoridad y molesto.

—¡Ella no venía con nosotros! —contestó desafiante Yasuj, el príncipe de los elfos de Avillú.

—¡Mientes! —gritó enfurecido, Ecalec—. ¡Ella también venía junto con los niños Eriotos! —agregó Ecalec, lanzando un rayo a Yasuj, que rebotó en su arco.

—Lo siento, Ecalec —dijo Osoros el pirata—. Solo los encontramos a ellos, no había nadie más.

—Ella vendrá por Yala, la bruja del elemento Agua —aseveró Ecalec, con una sonrisa siniestra—. Si fallo, ya inicié mi siguiente plan. Ese amuleto será mío.

Nie, el mago del elemento Aire, aterrizó cerca de unos árboles, a poca distancia de donde se encontraban Ecalec y los cautivos. Yuna, la bruja del elemento Tierra, hizo un movimiento con la mano y apareció el frasco con la

poción mágica que Mahire, la bruja de las letras, le había dado. Las aplicó uno por uno, empezando por Lynab, el hada del norte, luego Nosfú, el príncipe de los enanos de las montañas de Telnión, Gasba, el mago del elemento Fuego y, por último Yuna, la bruja del elemento Tierra. Nie, el mago del elemento Aire por sí solo, recuperó su forma original. Estando ya todos con su tamaño normal, llegaron de sorpresa a donde estaban los piratas y, con sus varas mágicas, empezaron a lanzar rayos. Ecalec, el mago oscuro, al percartarse de la presencia de los elementos, huyó hacia el interior de la montaña Yonipe, donde tenían a Yala, la bruja del elemento Agua.

Los elementos, uniendo sus poderes, lograron vencer a los piratas y Yuna, la bruja del elemento Tierra, hizo un hechizo para no hacer caso al canto de las sirenas, pudiendo rescatar así a las criaturas adolescentes.

Mientras, dentro de la montaña, Zarenap logró ingresar con la burbuja magnética que Zaphirah había hecho.

—Por aquí —gritó Zarenap, y llegaron a la jaula donde se encontraba Yala, la bruja del elemento Agua.

Pero Yala estaba desmayada y ya sin fuerzas.

—¿Qué tienes, Zaphirah? —preguntó Oximi.

—Solo necesito recuperarme un poco, los campos magnéticos me debilitan mucho —contestó Zaphirah, débilmente—. Ya está pasando.

—¡Zaphirah! ¡Yala no se mueve! —gritó Zarenap, acercándose a ella.

—¡Yala, Yala! ¡No responde! ¡El libro, pásamelo, Hinojeg!

Leí que, para regresarle sus poderes, ustedes se saben un conjuro mágico —les dijo suplicante Zaphirah.

Zaphirah, de forma desesperada, empezó a buscar la página que había leído antes, donde decía cómo tenían que regresar los poderes a Yala, la bruja del elemento Agua, hasta que la encontró.

—¡Aquí está! —gritó Zaphirah.

Y empezó a leer en voz alta:

—Yala, la bruja del elemento Agua, al perder sus poderes por algún motivo, solo podrá ser reparada con el canto del oxígeno y del hidrógeno de Oximi e Hinojeg, aquel que cantan todas las mañanas al despertar un nuevo día, aquel que sana cualquier herida y purifica el alma. El canto con amor y esperanza. Y, cuando salga la luz azul de la unión de estos dos cantos, llenará el vacío de la tortuga y habrá que poner el anillo en el dedo del agua.

Zaphirah se quitó el anillo que le había enviado Yala, la bruja del elemento Agua. Notó que la piedra en forma de tortuga se abría y que tenía un huequito.

—¿Cuál es el canto? —preguntó Zaphirah.

Pero los dos niños Eriotos habían entendido todo lo que había leído Zaphirah e iniciaron el conjuro más puro, in-genuo e inocente. Un conjuro que llegaba al alma, un conjuro que sacaba las lágrimas. Zaphirah y Zarenap no pudieron contener las lágrimas y, de pronto, una pequeña luz azul salía de los sonidos de los dos niños. La luz azul se dirigió al anillo de Yala, la bruja del elemento Agua y se metió al hueco que tenía. Entonces, el anillo tomó un brillo distinto y Zaphirah lo cerró y corrió hacia la

jaula donde se encontraba Yala tirada; alcanzó su mano izquierda y, con un gran esfuerzo, logró ponérselo, cimbrando así toda la montaña pero, en ese momento, llegó Ecalec, el mago oscuro de las montañas de Eldemor.

—¡Sabía que vendrías por Yala! —dijo Ecalec, con voz tenebrosa.

Y, con sus poderes, la aventó hacia las paredes. Ella, con su mano izquierda, sacó un rayo que lo aventó lejos. Ecalec iba a dirigir sus rayos hacia Yala, la bruja del elemento Agua y Zaphirah, con su mano izquierda, creó una pared magnética a la cual él no podría acercarse, ni a los niños, ni a Yala, ni a la sirena. Ecalec enfureció y lanzó varios rayos color rojo hacia los niños, que rebotaron hacia él mismo. Envió otro rayo hacia Yala, que seguía desmayada en el suelo, pero, nuevamente, rebotó el rayo hacia él mismo.

—¿Dónde has aprendido todo eso, niña tonta? —gritó, enfurecido, Ecalec a Zaphirah—. ¡No podrás vencerme!

Lanzó un rayo hacia Zaphirah, tan potente que hizo que se golpeara la cabeza contra la pared. Ecalec se acercó y logró ver el amuleto de Sarudien colgando en el cuello de ella y, con sus manos, intentó quitárselo. Ya estaba por lograrlo cuando, en ese momento, llegaron los tres elementos: Gasba, el mago del elemento Fuego, Yuna, la bruja del elemento Tierra, y Nie, el mago del elemento Aire, y le lanzaron, unidos, varios rayos, cada uno de color distinto. Pero, aun así, Ecalec, el mago oscuro, era más fuerte, su poder había crecido mucho desde su último encuentro. Zaphirah se había golpeado la cabeza y Yasuj, el príncipe de los elfos de Avillú, Siparlú, el príncipe de los simios parlantes de Selva Eteno, Toluk, el príncipe de Ciudad Tizara, Ylud, princesa de Ciudad Tizara, Lynab,

el hada del norte, y Nosfú, el príncipe de los enanos de las montañas de Telnión, corrieron para ayudar a Zaphirah y protegerla de Ecalec. En ese momento, Yala, la bruja del elemento Agua, se levantó llena de luz y, con sus poderes mágicos de vuelta, abrió la jaula donde se encontraba encerrada y salió. El campo magnético se quitó en el momento en que Zaphirah cayó desmayada por el golpe en la cabeza.

Yala, la bruja del elemento Agua, se unió a los otros tres elementos y así, los cuatro unieron sus poderes, lanzando un rayo hacia Ecalec, el mago oscuro de las montañas oscuras de Eldemor, y vieron cómo una nube negra salió del cuerpo del pirata y huyó de ahí.

—¡Esto no quedará así! —gritó Ecalec.

Todos abrazaron a Yala, la bruja del elemento Agua, pero empezaron a caer rocas de la montaña. ¡Se estaba derrumbando! Todos salieron rápidamente. Zarenap ya había sacado a los niños Eriotos y Gasba, el mago del elemento Fuego, cargó en sus brazos a Zaphirah y salieron sanos y salvos. Estando afuera de la montaña, se dieron cuenta de que todos los piratas de Osoro se habían ido, junto con las sirenas de isla Bellmar. Gasba, el mago del elemento Fuego, puso con cuidado a Zaphirah en el suelo y, en eso, llegó Yuna, la bruja del elemento Tierra.

—¡Zaphirah! —dijo Yuna, la bruja del elemento Tierra—. ¡Despierta, hija!

—Déjame verla —dijo Yala, la bruja del elemento Agua—. Tiene un golpe fuerte en la cabeza.

En eso, Zaphirah abrió los ojos.

—Estoy bien —dijo quedamente Zaphirah—. Un poco débil, pero estoy bien —y se incorporó lentamente.

Todos sonrieron al ver bien a Zaphirah y de haber podido rescatar sana a Yala, la bruja del elemento Agua. En eso, Yala, la bruja del elemento Agua, alzó sus manos hacia el cielo y sacó rayos blancos y azules y, poco a poco, todo Lizandria empezó a restaurarse. Los bosques, las selvas, los ríos, todo lo que tuviera agua, poco a poco volvía a la normalidad. Cada ciudad, cada criatura, empezó a mejorar.

El bosque encantado de Arsavi había sido uno de los más afectados. Los árboles envejecieron, pero aún tenían vida y seguían unidos, por lo que el sagrado Lettú estaba agradecido. Todos en Lizandria comprendían el valor de cada uno de los elementos. Todos estaban conectados y valoraron lo que es estar sin el elemento agua, cómo impacta en todos los aspectos. Aprendieron a cuidar mejor del agua, a respetar el agua y a enseñar a las nuevas generaciones de la importancia de la misma en el mundo de Lizandria. Aún teniendo poderes y magia, Lizandria estaba muriendo poco a poco por la escasez del agua y esto fue una gran lección para todas la criaturas.

Cada elemento tenía un anillo y había dos niños Eriotos que podrían repararlos si estos perdiesen sus poderes, pero esperaban no volver a pasar por lo mismo. La Alianza decidió regresar a los Eriotos con las ninfas de bosque Mananri, para su mayor seguridad, porque desgraciadamente existía el mal. También Yala sanó a la reina de las ninfas que se había enfermado por la falta de agua.

Pasaron los meses, todos los adolescentes de Mosamindria seguían en sus clases y los profesores se capacitaban cada día más. Después de haber vivido el secuestro

de un elemento, comprendieron que tenían que preparar a las generaciones que venían para ser más fuertes, a tener conocimientos desde temprana edad, tener conciencia para cuidar su mundo, a soñar en un mundo mejor, tanto espiritual como de sabiduría. Tenían que aprender a luchar por sus propios ideales y, paralelamente, cuidar a Lizandria y mantenerla en el camino de la paz, la esperanza y el amor. Era un hecho que el bien y el mal siempre existirían y, aunque nunca comprenderíamos por qué, así sería. Las criaturas del mundo de Lizandria descubrieron que podían enseñarles a las nuevas generaciones a saber distinguir entre el bien y el mal, hacerlos conscientes de que cada criatura tenía la capacidad de decidir, y a conocer las consecuencias de las decisiones que tomaban, cada una de ellas, de ser responsables de sus actos y, cuando cometían errores, a aprender de ellos siempre para el bien y por el bien de todos.

Todos estaban en clases. Mosamindria seguía con su objetivo y los elementos dejaron nuevamente a Zaphirah ahí para que se preparara para el futuro.

Pasados los días, Zaphirah estaba en la clase de la profesora Mahire, la bruja de las letras. Mahire, la bruja de las letras, tenía el cabello recogido, usaba lentes y siempre traía unas mallas negras con sus botas y usaba suéteres muy particulares; era muy conservadora en su forma de vestir. Algunas partes de su cabello estaban demasiado blancas. No tenía oídos pero, con su peinado, lo tapaba perfectamente. Ella era la profesora de literatura y arte; les enseñaba a los alumnos la historia de Lizandria con todos los libros que había escrito sobre Lizandria y sus criaturas. Les hablaba de sus orígenes, de las criaturas, de sus ancestros, el arte de cada criatura, sus habilidades, sus talentos. Al terminar la clase de literatura, Zaphirah iba rumbo a su cuarto cuando, de pronto, un elfo se puso frente a ella y no la dejó pasar.

—¡Déjame pasar! —dijo Zaphirah, un poco molesta.

—¡No! —contestó burlón el elfo, que era un poco mayor que ella, mientras le cerraba el paso a Zaphirah y sus dos amigos y él se reían.

Entonces, uno dijo:

—¡Déjala pasar, Ahec!

—Está bien —contestó Ahec, quitándose de enfrente y haciendo una reverencia para que ella pasara.

Por varios días, Ahec molestó a Zaphirah de muchas maneras. Ella siempre mostró seriedad, pero estaba confundida hasta que, un día, ella entendió sus intenciones y, entonces, Ahec se convirtió en el primer amor de Zaphirah. Los dos llevaban clases totalmente distintas.

Ahec era un elfo problemático para los maestros de Mosamindria, pues era un elfo con muy elevada autoestima. Y tenía una manera de ser tan especial, que les caía bien a todos los alumnos. Ya lo habían expulsado más de una vez, pero Mosamindria siempre le daba otra oportunidad. Era la típica criatura que organizaba los eventos en Mosamindria, para poder andar de fiesta en fiesta, y estaba más atento a sus eventos que a las clases mismas. Él era la clásica criatura que, cuando se proponía algo, lo hacía. Y pronto empezó a correr el rumor por los pasillos de que Ahec se comportaba con Zaphirah de una forma seria, respetuosa, cuando todos sabían que no era así su personalidad.

Zaphirah tenía a todos sus amigos ahí. Mosamindria tenía reglas, hábitos, responsabilidades y todo había vuelto a la normalidad después de lo que había pasado con Yala, la bruja del elemento Agua.

Durante ese tiempo, en Ciudad Tizara, la Alianza APPA estaba reunida, pues estaban planeando cómo prevenir nuevos ataques de Ecalec, el mago oscuro de las montañas oscuras de Eldemor. Querían que las criaturas de Lizandria se sintieran protegidas. Zaphirah llegó a tiempo con los niños Eriotos y logró salvar a Yala, la bruja del elemento Agua, con la ayuda de sus amigos y de los elementos.

Yala, la bruja del elemento Agua, a su vez, restauró mares, ríos y lagos y nadó en forma de tortuga gigante hacia la isla del Anillo de la Esperanza, donde se reunió con Zarenap, ahora la líder de todas las sirenas que vivían ahí.

—Gracias, Zarenap. Aprecio todo lo que hiciste por mí —dijo, muy conmovida, Yala.

—Fue Zaphirah la que se arriesgó a tanto —contestó humildemente, Zarenap

—Lo sé, pero, en el momento en que te pedí ayuda, tú decidiste hacerlo. Si no hubieras llevado el mensaje a Zaphirah, hoy no podría darte las gracias y hubiera sido una catástrofe para todo Lizandria —dijo Yala, solemnemente.

—¡Gracias a ustedes, Yala! Nosotras nos hemos independizado y no obedecemos a nadie, ni a los piratas ni a nadie, y, ahora somos parte de su Alianza —agregó, muy emocionada, Zarenap, la sirena de isla del Anillo de la Esperanza.

—¡Me da mucho gusto por ustedes!¡Adiós y cuídense mucho! —se despidió Yala.

—¡Adiós, Yala! —contestó Zarenap.

La bruja del elemento Agua nadó entonces hacia playa Sahubi sin parar. En esa enorme y hermosa playa, la arena era casi blanca, el agua era color turquesa y, a las orillas, había miles de piedras de colores. Salió del agua ya no como una tortuga, sino como Yala, con un vestido azul turquesa hasta los pies; un vestido mágico que se veía como si fuera el mar mismo. Traía una corona llena de conchitas y perlas, y su cabello era largo, con rizos tenues. El color de su cabello era café oscuro. Iba caminando hacia la playa y, con la magia de sus manos, quitaba las piedritas, limpiando la arena y, de pronto, en frente de ella, aparecieron miles de pequeñas tortuguitas que iban hacia el mar, hacia la vida, a iniciar su ciclo. La bruja estaba feliz, feliz de estar ahí con ese milagro maravilloso de la naturaleza, observando cómo las tortuguitas entraban a un mundo nuevo.

En ese mismo momento, del lado Noroeste de Lizandria, por las montañas oscuras de Eldemor, había una nube negra que se movía de un lado a otro. ¡Todo el plan de Ecalec había fallado! En eso, llegó un adolescente, al que solo se le veía la espalda.

—¿Hiciste lo que te dije? —preguntó Ecalec, bruscamente.

—Sí, señor, tal como usted me lo dijo —contestó aquel joven misterioso, al cual no se le veía el rostro.

—Que se preparen, porque esto no se quedará así —advirtió, tenebrosamente, Ecalec, el mago oscuro de las montañas de Eldemor...

Es increíble cómo esta historia marcó mi vida. Este es mi tercer escrito ¿Quién es Zayeminc Baudé? preguntan las lectoras y los lectores que han leído la primera y la segunda parte. Lo único que quiero que conozcan es la historia de Zaphirah. Mis padres se han enterado de que soy escritora. Logré terminar mi tercer escrito y me siento satisfecha y muy contenta. Me ha costado mucho porque no tengo su apoyo, ya que piensan que me encargaré de sus negocios aquí en NuevaYork, y yo solo pienso en cómo iniciar mi cuarto libro.

Esta historia me ha hecho conocerme en profundidad, evolucionar de forma espiritual. He trabajado por mí misma, con mi propio esfuerzo, y ya son años los que tengo soñando con dar a conocer esta historia mágica. Aún faltan tres libros, pero sigo trabajando en ello. Sé que lo lograré, y espero, algún día, que mamá comprenda mi vocación.

La vida es tan impredecible... Recuerdo las mañanas en Escocia, casi no tenía amigos y el castillo de mis padres era tan grande que podía pasarme explorando todos los cuartos por días enteros. No tuve hermanos ni hermanas. La noche era lo más mágico para mí. Si ustedes hubieran escuchado la voz mágica de mi madre al contarme la historia de Zaphirah y el Portal Mágico, comprenderían por qué quiero que conozcan todas sus aventuras, su valentía, su fortaleza, sus ideales.

Zayeminc Baudé,
La Narradora

BIOGRAFÍA

Alba Letycia es ingeniera industrial, autora y coach en cambio de hábitos certificada. A lo largo de su vida fue venciendo obstáculos para alcanzar sus sueños. Fundadora de la plataforma Mujeres Emprendedoras y con Espíritu (MEYCE). Dueña y mánager de las plataformas Mujeres Superando Límites, Inspírate, Alba Letycia; El placer de la literatura, Hábitos Saludables, entre otras comunidades virtuales para motivar e inspirar a otros. Consolidándose como escritora, es la creadora de *El mundo de Zaphirah*, haciendo realidad su sueño de publicar tres libros y un cuento infantil bilingüe. *El mundo de Zaphirah* será contado en seis libros llenos de magia y fantasía. Alba Letycia ha logrado ya cinco Best Seller en el primer día de su lanzamiento en Amazon. En el año 2019, el primer libro de la saga de *El mundo de Zaphirah* fue parte de Texas Book Festival, prestigiosa feria a nivel nacional, dedicada a conectar autores y lectores, fomentando así la lectura.

Ella obtiene una crítica de su primer libro por la revista americana *Kirkus Reviews*, como «una historia prometedora y prepara el escenario para futuros volúmenes». Alba Letycia ha liderado seminarios virtuales con más de 30 conferencias online en un mes, con el apoyo del equipo MEYCE por medio de la plataforma Mujeres Emprendedoras y con Espíritu

desde el año 2017, plataforma a la que le dedica tiempo voluntario para impulsar, apoyar y hacer sinergia con otras mujeres líderes, mujeres emprendedoras por todo el mundo para crecer juntas y unidas. Desde el año 2021 trabaja en sociedad con Deyanira Martínez, liderando juntas el proyecto *Mujeres que se Atreven y Superan Límites*, logrando así publicar ya el volumen I de *Mujeres que se Atreven y Superan Límites. Historias de inspiración en tiempos difíciles.*

Alba Letycia nació en Longview, Texas, pero la mayor parte de su vida ha radicado en México, donde se inspiró para el inicio de la historia de *El mundo de Zaphirah*. Actualmente vive en Austin, Texas, con su esposo y sus dos hijos.

Alba Letycia

Autora *Best Seller*

CEO Alba Letycia Enterprise

Dueña y Fundadora de @albaletycia

http://www.albaletycia.com

@inspirate @mujeressuperandolimites

@mujeresemprendedorasyconespiritu

DATOS DE CONTACTO:

Alba Letycia
info@albaletycia.com
albaletycia.com

No te pierdas las demás entregas

Made in the USA
Coppell, TX
19 May 2023

17048820R00080